「お前の相手はこのワシじゃ！」
野人・静馬《しずま》の精気が熱風のように
早乙女《さおとめ》の全身を打った！
（第八話　Kの洗礼）
リアルバウトハイスクール〈アーリー・デイズ〉2
ナデシコガールの挑戦

「あたしを捕《つか》まえられるかな!?」
涼子《りょうこ》は次々と新しい技を繰り出す!!
(第十二話　ナデシコガールの挑戦)

「次の一手でこの勝負、幕引きとさせていただきます」
あずみの凛《りん》とした声が響く。
（第十二話　ナデシコガールの挑戦）

リアルバウトハイスクール〈アーリー・デイズ〉2

ナデシコガールの挑戦

1099

雑賀礼史

富士見ファンタジア文庫

66-19

口絵・本文イラスト　いのうえ空

目次

第七話　ミサティーと謎《なぞ》のピアニスト

てんさい【天才】天賦《てんぷ》の才。生まれつき具《そな》わった優《すぐ》れた才能《さいのう》。そういう才能を持った人。

一

「ああ……いったい何でこんな事に――」

掲示板《けいじばん》に貼《は》り出されたポスターを見上げながら、青木美沙緒《あおきみさお》は嘆息《たんそく》した。

ポスターは〈Kファイト〉なる校内異種格闘技戦《いしゅかくとうぎせん》を告知するものである。

異種格闘技戦といっても、異《こと》なるのは格闘技のジャンルというより対戦する選手のキャッチ・フレーズの方だった。

『時を超《こ》え世紀末日本に出現《しゅつげん》した奇跡《きせき》の野人――草薙静馬《くさなぎしずま》！』

『旧世紀《きゅうせいき》の遺物《いぶつ》、見かけ倒《だお》しのポンコツ教師《きょうし》――早乙女巌《さおとめいわお》！』

どちらもアンティークという点では共通しているが、その扱《あつか》いは『生きた化石』と『粗《そ》大《だい》ゴミ』ほどの違《ちが》いがある。そしてもちろん二人の最大の違いは『生徒』と『教師』という立場だった。

生徒VS教師の真剣勝負《ガチンコ》対決——この前代未聞《みもん》のイベントの開催《かいさい》が宣言《せんげん》されたのは二日前のことである。

表向きは早乙女が売ったケンカを静馬が買ったという体裁《ていさい》になってはいるものの、実際《じっさい》のところ早乙女は罠《わな》にはめられたようなものだった。

張本人《ちょうほんにん》は藤堂《とうどう》校長率《ひき》いる〈Kファイト実行委員会〉である。

静馬から受けた屈辱《くつじょく》で逆上《ぎゃくじょう》していたとはいえ、彼らが張った罠に知らずに飛び込んだ早乙女が不運だったという他《ほか》はない。

美沙緒は静馬の担任《たんにん》教師という立場上、この事態と無関係ではない。だが美沙緒の心配は対戦の行方《ゆくえ》ではなく生徒たちの反応《はんのう》の方だった。〈Kファイト〉宣言以来、校内全体の空気は不穏《ふおん》さを増《ま》している。

何かとんでもない事が起ころうとしている——

それが大門《だいもん》高校のすべての生徒と教職員《きょうしょくいん》の間での共通認識《にんしき》だが、現在《げんざい》の状況《じょうきょう》は静馬の転入以来の不穏さとはまた趣《おもむき》が異なっていた。以前は静馬という異分子に対する拒絶《きょぜつ》反応としての戸惑《とまど》いがその主な内容《ないよう》だったが、今はそこにある種の期待感が混《ま》じっているように思える。

学年主任の早乙女は誰《だれ》もが認《みと》める嫌味《いやみ》ったらしく煙《けむ》たい小舅《こじゅうと》のような男である。役職にしては人望は薄《うす》く、美沙緒にとっても敬遠《けいえん》したい人物といえる。早乙女が静馬にコテンパンにされたとしても同情する筋合《すじあ》いではないが、しかしスチャラカ教師小関《こせき》のように無責《むせき》任《にん》に楽しむ気にはなれない。この対決が静馬と早乙女との間の個人《こじん》的ないざこざで終わらない気がしているからだ。

対戦が公開イベントとして行われる手前、当人たちにその意識《いしき》がなくとも二人はそれぞれ生徒代表、教師代表という性格《せいかく》を帯びてしまうだろう。教師と生徒が対決して教師が勝てばそれでよし、だが教師が敗れた場合、その後校内で何が起きるのか——それが美沙緒の抱《いだ》く懸念《けねん》だった。

美沙緒が心配しているような事態《じたい》は校長も当然心得ているはずである。それが分かっていてこのイベントを仕掛《しか》けているのだ。〈Kファイト〉後の筋書きも考えてあるのだろうが、大船に乗った気分にはとてもなれなかった。心配でご飯も喉《のど》を通らない。

（とにかく校長の真意を確《たし》かめないと——）

美沙緒はそう決意を固めると踵《きびす》を返して歩き出した。

廊下《ろうか》を職員室に向から美沙緒の耳に、どこからかピアノの旋律《せんりつ》が聞こえてきた。『トルコ行進曲』――音楽に縁《えん》のない人間でも聞けばすぐにそれと分かるモーツァルトの有名な曲である。

（珍《めずら》しいわね。校内放送でピアノ曲が流れるなんて……）

美沙緒の足がピタリと止まった。今は昼休みではない。校内放送で音楽が流される時間ではないのだ。それにピアノの音はスピーカーから流れているのではなかった。

美沙緒は中庭に出て校舎《こうしゃ》を見上げた。三階の端《はし》にある音楽室の窓《まど》が開いている。音楽室の鍵《かぎ》は美沙緒が管理していて、今は誰も使っていないはずだった。

「誰が弾《ひ》いてるの⁉」

閉《し》まっているはずの音楽室に誰かが侵入《しんにゅう》していることより、ピアニストの腕前《うでまえ》の方に美沙緒は驚《おどろ》いていた。放送と勘違《かんちが》いしたのは生演奏《えんそう》にしてはあまりに上手すぎたからである。美沙緒の知る限《かぎ》り『トルコ行進曲』を完璧《かんぺき》に弾きこなせる生徒はいない。

美沙緒は急いで階段を駆《か》け上がり、音楽室のドアの前に立った。演奏は佳境《かきょう》に入っている。誰が弾いているのかこっそり確かめようとドアに手を掛けるが、開かない。ドアは施《せ》錠《じょう》されたままだった。美沙緒は鍵を使ったが、その音は意外と高く響《ひび》いた。

ドアを開けて音楽室に入った時、演奏は終わっていた。ピアノの前には誰もいない。ピアノの向かいにある窓が開いていて、白いカーテンが風にそよいでいる。窓に駆《か》け寄《よ》って外を見たが、誰かがここから出て行ったとは思えなかった。飛び降《お》りて無事で済《す》む高さではない。

「オバケ……じゃないわよね？」

誰もいないはずの音楽室からピアノの音がする――ここ十日ほどの間に、美沙緒は生徒からそんな話を二度ほど耳にしていた。

学校の怪談《かいだん》話では定番中の定番である。

どうせ生徒が自分をからかうためにでっち上げた冗談《じょうだん》だろうと高をくくっていた美沙緒だったが、どうやら噂《うわさ》は本当だったらしい。しかも密室だったことは美沙緒自身が確認《かくにん》しているのだ。

背筋に悪寒《おかん》が走るのを感じた美沙緒は、窓とピアノの鍵盤《けんばん》の蓋《ふた》を閉《し》めると、慌《あわ》てて音楽室を後にした。

とりあえず何も見なかったことにしよう――そう決め込んだ美沙緒は早足で廊下を急いだ。

二

「ねえミサポ〜ン！　白菜のっけてどこ行くの〜？」

放課後の廊下に間延《まの》びした声が響く。それが自分を呼び止める言葉だと知って、美沙緒は少し肩《かた》を怒《いか》らせ、両手を腰《こし》に当てて振《ふ》り向いた。

「菱沼《ひしぬま》先生、その言い方はやめてくださいません？　仮《かり》にも私、先輩《せんぱい》なんですよ」

「まーまー、あたしとミサポンの仲じゃな〜い」

美沙緒の態度をまるで無視《むし》して馴《な》れ馴れしく近寄ってきたのは、養護《ようご》教諭《きょうゆ》の菱沼奈々子《ななこ》である。美沙緒は事ある毎《ごと》にこの後輩に対して先輩としての威厳《いげん》を示《しめ》そうとするのだが、その努力はすべて無駄《むだ》に終わっていた。

それも無理はない。美沙緒は身長一四四センチと小柄《こがら》なうえ童顔で、今でもよく中学生に間違えられる。対する奈々子は一七〇センチ近いすらりとした長身のうえハイヒールなので、並《なら》ぶと完全に美沙緒を見下ろす姿勢《しせい》になってしまう。白衣の下はボディコン風のラメ入りワンピースという教員にあるまじき服装《ふくそう》で、子供《こども》用スーツがピッタリサイズの美沙緒に比《くら》べて露骨《ろこつ》に大人の女という印象である。しかも奈々子は叔父《おじ》である校長以上にマイペースな性格で、神経《しんけい》が図太くできているため、そもそも誰に対しても遠慮《えんりょ》するということがないのだ。

「だいたいミサポンってのは何よ?」

「ん〜別に〜、なんとなく〜」

美沙緒は生徒からは『ミサティー』と呼ばれている。『ミサティー』は美沙緒T（ティーチャーの頭文字）の略《りゃく》なのだが、『ミサッチ』や今回の『ミサポン』は奈々子がその時の気分で勝手に呼んでいる愛称《あいしょう》だった。

また『白菜』というのは美沙緒の髪形《かみがた》を指した言葉である。後頭部で束ねた髪の毛先を上に向けてバレッタで留めているその形が、後ろから見ると白菜に見えるのだ。いつもはたいていシニヨン（おだんご）にしているが、変化をつけるために週に一日か二日はこの髪形で出勤《しゅっきん》していた。教師らしく見られるようにとの美沙緒なりの精一杯《せいいっぱい》の配慮である。

「ミサティーよりもミサポンの方が可愛《かわい》いじゃな〜い?」

「生徒が真似《まね》しますからやめてください」

奈々子に悪気はないのだろうが、美沙緒にしてみれば揶揄《やゆ》されているようにしか聞こえない。まともに相手にしても時間を無駄にするだけだと悟《さと》った美沙緒は、さっさと自分の用件《ようけん》を済ますことにした。

「校長先生がどちらにおいでか知りません? 校長室にもいないし、誰に訊《き》いても分からなくて」

「あ〜あのグラサンなら例の手下と秘密《ひみつ》の会議でもしてるんじゃないの〜？　前に視聴覚《しちようかく》室《しつ》を使ってたから、またそこかもね〜」

グラサン＝校長、手下＝Kファイト実行委員会なのだろう。奈々子らしい物言いである。

「そう。ありがとう」

何かまだ言い足りない顔の奈々子を置いて、美沙緒はそそくさとその場を立ち去った。

視聴覚室に行くと、奈々子の言葉通りそこではKファイト実行委員会の会議が開かれていた。主要メンバーの一人である大作《だいさく》が応対する。

「校長先生ならさっき出て行きましたよ。細かい事を決める時に居てもらってもしょうがないですからね」

謎《なぞ》に満ちた委員会の活動に興味《きょうみ》を惹《ひ》かれた美沙緒は視聴覚室を覗《のぞ》き込《こ》んだ。黒板の前に十人ほどの生徒が集まって熱心に話し合っている。

「何を決める会議なの？」

「土曜日の対戦に向けての諸々《もろもろ》の準備《じゅんび》ですよ。何しろ急に決まった事で準備が整っていないんです。リングをどこに設置《せっち》するかとか、校内放送の手順についての打ち合わせとか、決めなきゃいけない事は山のようにありますからね」

「今からやって間に合うの？」

「素材は揃《そろ》ってるんです。問題はコーディネートなんですよ」

委員会メンバーは文化系《けい》の各サークルからスカウトされた精鋭《せいえい》だった。主に放送・記録・広告といった分野の人材が集められている。

「神矢《かみや》君の言う通り！　我々《われわれ》の手にはすでに十分な数の駒《こま》が揃っている」

呼んでもいないのに一人の生徒が美沙緒の前にやってきた。二年生の伊《い》福部《ふくべ》吉光《よしみつ》である。

「リングも放送設備《せつび》も学園祭で使った物がそのまま流用できる！　肝心《かんじん》なのは演出《えんしゅつ》だ！　ヒーローの鮮烈《せんれつ》なるデビューを全校生徒の網膜《もうまく》に刻《きざ》みつけてやらねばならん！　なあに、ボクが担当するからにはその点は心配御無用《ごむよう》!!」

ハイテンションでまくしたてる伊福部に、美沙緒は困惑顔《こんわくがお》になった。

「……伊福部君は文芸部なのに何で参加してるの？」

「企画《きかく》と演出をお願いしています。ショーとして成立させるには演出が大事ですからね」

つまりケレン味を出すための要員である。

「草薙君が勝つと思ってるのね？」

「当然！　あんなトカゲの住処《すみか》のごとき男に負けるようではヒーローとしての資格《しかく》な

し！」

「トカゲ……」

伊福部の文学的表現は常人《じょうじん》の理解《りかい》の範疇《はんちゅう》を逸脱《いつだつ》しがちである。しかし委員会が早乙女を静馬の嚙《か》ませ犬程度の相手としか見ていないことは明らかだった。それは今回の〈Kファイト〉が始まりにすぎないということを意味している。

「心配なんですね？」

美沙緒の表情を読んだ大作が微笑《ほほえ》んだ。

「Kファイトの目的について知りたければ静馬さんに訊いた方がいいですよ。そもそも静馬さんのやりたいことを実現するためのイベントなんですから。その結果がどうなるかも静馬さん次第《しだい》だし」

「本人に訊くといっても……」

「青木先生は静馬さんに気に入られてますから大丈夫《だいじょうぶ》ですよ」

「だから気に入られ方が尋常《じんじょう》じゃないんだけど……」

美沙緒が静馬に好かれているのは事実だったが、それは普通《ふつう》に教師が生徒に慕《した》われているという図式からはほど遠かった。ほとんど愛玩《あいがん》動物の扱《あつか》いなのだ。

「確かに、青木先生を猫《ねこ》っ可愛《かわい》がりするのに夢中《むちゅう》で話を聞かない可能性《かのうせい》は大ですが」

大作はあっさり認《みと》めると、右手の人差し指を鼻の先に当てて思案する顔になった。

「うーん……青木先生はこの際《さい》、静馬さんに対する理解を深めるべきだと思いますよ。そういえば家庭訪問《ほうもん》の話はどうなったんでしたっけ？」

「私は行くなんて一度も言ってないわよ⁉」

美沙緒は慌《あわ》てて否定《ひてい》した。家庭訪問は静馬から是非《ぜひ》にと誘《さそ》われているもので、美沙緒の方は尻込《しりご》みしている。スナック感覚でケンカを嗜《たしな》む野人を育《はぐく》んだ家庭環境《かんきょう》を考えると、できることなら行きたくなかった。

「それじゃあ行きましょう。今日にでも」

「きょ、今日⁉　これから？」

「大丈夫ですよ。僕も付き合いますから。いずれ取材しようと思ってましたし」

「そっ、あの、でも、その、こっちにも心の準備ってものが……」

「待ったなし！」

そういうことになった。

三

涼子《りょうこ》はわずかに身を退《ひ》いて獅子倉達哉《ししくらたつや》の籠手《こて》打《う》ちをすかすと、カウンターで面を打った。

パァン！

派手《はで》な音が道場に鳴り響《ひび》く。しかし涼子の竹刀《しない》は達哉の面ではなく肩《かた》に当たっていた。打ち込みが充分《じゅうぶん》ではなかったこともあるが、籠手打ちをすかされても達哉の体勢が崩《くず》れなかったため避《よ》けられたのだ。

涼子の動きに一瞬《いっしゅん》の硬直《こうちょく》が生じたのを達哉は見逃《みのが》さなかった。涼子の竹刀を横に弾《はじ》いて面を狙《ねら》ってくる。

（――――!!）

反射《はんしゃ》的に竹刀を上げて防御《ぼうぎょ》した直後、涼子の胴《どう》に衝撃《しょうげき》が走った。

面と見せかけた胴打ちである。達哉の得意とするフェイントの一つだった。涼子もそれは分かっていたが、つい食らってしまう。互角稽古《ごかくげいこ》（一定時間自由に打ち合う練習法）を続けるうちに涼子の癖《くせ》が見抜《みぬ》かれてしまっているのだ。

互角稽古は一本に相当する打ち込みがあっても仕切り直しせずに続行される。涼子は取り返そうと躍起《やっき》になったが、達哉はつけいる隙《すき》を見せず、そのまま時間切れとなった。

顧問《こもん》の弥永《やなが》が休憩《きゅうけい》を告げた。涼子と達哉は互《たが》いに一礼して壁際《かべぎわ》に下がり、正座《せいざ》して面と籠手を外す。同じく互角稽古をしていた他の部員も休憩に入った。

（小兵《こひょう》ははしこい、いいうえにしぶとい……差をつけられる前に何か手を考えないと）

内心反省しながら、涼子は手拭《てぬぐ》いを手に道場の表に出た。そのとたん周りから黄色い声が上がる。見学の女子生徒たちの歓声《かんせい》である。

学園祭の演劇部《えんげきぶ》公演で主役を演じて以来、涼子目当てで剣道部の練習を見学にくる女子が増えていた。タオルの差し入れ等は一切断《いっさいことわ》っているのでやや遠巻《とおま》きに見ているだけだが、涼子にとっては鬱陶《うっとう》しいだけの客だった。

「──ね、ねえ、あれ見て」

「え？　やだ、何あれ!?」

女子たちがどよめきはじめたのは、涼子が水道で顔を洗《あら》っている時だった。その声があって間もなく、涼子の頭上で金管楽器のものらしい大きな音が鳴り響いた。

♪プップクプップ　プップクプップ
プープププップッ　プッププップ〜

（──またか）

涼子は無視《むし》して顔を拭《ふ》いていたが、一向に鳴り止《や》む気配がないのが癇《かん》に障《さわ》り、我慢《がまん》できなくなってキッと頭上を見上げた。

「うるさいわね！　『正露丸《せいろがん》のテーマ』をエンドレスで吹《ふ》くんじゃないわよ！」

旧《きゅう》道場の屋根の上に立って楽器を吹いている野人──草薙静馬は、涼子のクレームも意に介《かい》さず、さらに高らかに音量を増して吹奏《すいそう》を続けた。

「だからその……トランペットみたいなのを吹くのをやめなさいよ！」

　静馬が吹き鳴らしているのは同じ金管楽器でも長いU字形のパイプを組み合わせた、トランペットとは似《に》て非《ひ》なる優美《ゆうび》な代物《しろもの》である。涼子も見覚えのある楽器だったが、固有名詞が出てこない。それをいいことに静馬は延々と同じメロディを奏《かな》で続けている。

「何ペットだか知らないけど、近所迷惑《めいわく》だから吹くのをやめろって言ってんでしょ!!」

「違《ちが》います～これは『トロンボーン』っちゅう楽器です～何ペットとか、そんな名前とゼンゼンちゃうんです～」

　静馬は完全にバカにしきった口調で答えると、再《ふたた》びトランペットならぬトロンボーンを吹き始める。普通《ふつう》はオーケストラ等の楽隊の中にある楽器を単体で、しかもバンカラ男が瓦屋根《かわらやね》の上で吹いている様は違和《いわ》感を通り越《こ》してシュールそのものだった。

「——ああ～、いい画《え》ですねえ。これは押《お》さえておかないと」

　振《ふ》り向くと、いつの間にやってきたのか、大作が両手の指で作った枠《フレーム》越《ご》しに『屋根の上のトロンボーン吹き』を眺《なが》めていた。すぐに大作は常時携帯《けいたい》している小型カメラを取り出して撮影《さつえい》を始める。涼子はそれを邪魔《じゃま》するように正面に立ちはだかった。

「あんた、あのバカの関係者でしょ？　さっさと引き取ってくれる？　ついでに首輪つけ

て檻《おり》に入れてコンクリで固めて荒川《あらかわ》に沈《しず》めといてよ」

「引き取るだけならできますけど……」

大作は屋根の下に駆《か》け寄ると、静馬に呼びかけた。

「静馬さ〜ん！　青木先生が家庭訪問《ほうもん》してくれるそうですよ。すぐ降《お》りてきてくださ〜い」

「にゃにぃ⁉　そらホンマか！」

静馬は吹くのを止めると、屋根の上から跳躍《ちょうやく》した。空中で側転しながら綺麗《きれい》な弧《こ》を描《えが》き、ほとんど足音を立てずに着地する。猫《ねこ》のようなしなやかさだ。

「よし行こ！　すぐ行こ！」

トロンボーンを放《ほう》り出すと、静馬は大作と一緒《いっしょ》に来ていた美沙緒を捕《つか》まえ、肩に担《かつ》ぎ上げるとあれよという間に走り去っていった。大作が慌《あわ》ててその後を追う。

「たぁ〜す〜け〜てぇ〜〜」

美沙緒の悲鳴がドップラー効果《こうか》を加えつつ遠ざかっていく。

後に残された涼子は、両手でキャッチしたトロンボーンの処置《しょち》に困《こま》って立ち尽《つ》くすばかりだった。

「先生を担いで走っちゃダメよ。分かった？」

☆

「歩きやったらええんやろ？」

「歩いてもダメです！」

「難儀《なんぎ》やなあ」

大袈裟《おおげさ》に肩をすくめて歩き出す静馬の後に、美沙緒と大作が続く。

大宮バイパスを跨《また》ぐ歩道橋を渡《わた》り、三人は三園《みその》方面へ向かった。静馬の家は本人しか知らないので二人はついていくしかない。

歩きながら、美沙緒は大作に小声で訊《たず》ねた。

「ところでさっきのことだけど……草彅君、いつもあんなことを？」

「あれですか？　まあ、基本《きほん》的に毎日やってますね」

「トロンボーンの吹き方なんて誰《だれ》に教わったのかしら？」

「トロンボーンだけじゃないですよ。最初はブルースハープだったし」

「ブルースハープ⁉」

「その次がピッコロで、後はクラリネット、尺八、リコーダー、チャルメラ、オカリナ、ピアニカでしょ、それから――」

「全部管楽器じゃない。それ、毎日変わるの？」

「毎日変わりますねえ」

「わざわざ屋根の上に登って演奏《えんそう》するのは、何か理由があるの？」

「目立つからでしょうね」

「それだけ？」

「もちろん誰かさんの気を惹《ひ》くためでしょうけど」

「――――？」

美沙緒の不思議そうな顔を見て、大作は不満げに唇《くちびる》を尖《とが》らせた。

「毎日通って屋根の上で何か吹いてるんですよ？　普通《ふつう》に考えれば何が目的かなんて分かりそうなもんですけどね。どうもニブい人が多いみたいで……」

「誰がニブいやと？」

前を歩いていた静馬がいきなり振り向くと、大作にヘッドロックを仕掛《しか》けた。左脇《ひだりわき》に大作の頭を挟《はさ》み、こめかみに右拳《みぎこぶし》をグリグリ押し付ける。

「し、静馬さんのことじゃないですよ～！」

「そうよ草薙君！　こんな道の真ん中でふざけちゃ――」

その時、美沙緒の目の前を一陣《じん》の風が走り抜《ぬ》けたかと思うと、目を疑《うたが》う現象が起こった。

静馬の身体《からだ》が宙《ちゅう》に舞《ま》ったのである。

『――たぁぁぁっ!!』

不意に飛び込んできたのはスーツ姿《すがた》の若《わか》い女だった。

女は大作を捕《と》らえていた静馬の腕《うで》を外し、胸《むな》ぐらを摑《つか》むや気合い一閃《いっせん》、見事な背負《せお》い投げで静馬の身体をアスファルトの地面に叩《たた》きつけた。

背負い投げの余勢《よせい》を利用して立ち上がると、仰向《あおむ》けに倒《たお》れている静馬を蹴飛《けと》ばして転がし、うつ伏《ぶ》せにしておいてから馬乗りになる。学ランの襟《えり》を摑《つか》んで静馬の首を絞《し》めにかかる。女は顔を上げて美沙緒と大作に言った。

「さあ、今のうちに逃《に》げなさい！」

あまりにも鮮《あざ》やかな女の一連の動きに度肝《どぎも》を抜かれていた二人は、その言葉の意味が理《り》解《かい》できずに、間の抜けた顔を見合わせる。

「せっかくだし、逃げましょうか？」

「何から逃げるのよ!?」

大作の提案《ていあん》をきっぱりと却下《きゃっか》し、美沙緒はおずおずと訊ねた。

「あの～……どちら様でしょうか？」

静馬はすごい勢いでタップしている。

四

「そうでしたか……静馬の担任《たんにん》の方とは知らず失礼しました。遠目には中学生がからまれているとしか見えなかったもので」

静馬の姉——草薙巴《ともえ》は頭を下げて勘違《かんちが》いを謝罪《しやざい》した。

美沙緒と大作が案内されたのは巴の住む公団《こうだん》のマンションである。

さほど広くないリビングのテーブルに差し向かいに座《すわ》った美沙緒は、巴の武道家らしい端然《たんぜん》とした居住《いず》まいを前に内心ため息を吐《つ》いた。来る前に想像《そうぞう》していたような強面《こわもて》の親ではないが、それでもちょっと肩《かた》の凝《こ》りそうな相手には違いない。

巴は弟の静馬とは対照的に清楚《せいそ》で涼《すず》しげな印象の美人だった。奈々子と同じくらいの長身で、座っていても背筋が伸《の》びているため美沙緒は上から見下ろされる格好《かっこう》になる。威圧《いあつ》感を感じてしまうのは身長のせいではなく、さっきの強烈《きようれつ》な投げ技《わざ》が脳裏《のうり》に刻《きざ》まれているからだろう。

「え〜っと……お姉さんは何か武道を？」

「はい。柔道《じゆうどう》を少し」

「でもアスファルトの上で投げちゃうのは……ちょっと乱暴《らんぼう》では？」

「弟はあれくらいやらないと効《き》きませんから。死なないように手加減《てかげん》はしてありますので
ご心配なく」

「ははあ……」

身内ならではの遠慮《えんりょ》のなさである。やはり家族だ、と美沙緒は恐《おそ》れながらも納得《なっとく》した。

ドンッ。

テーブルにホットプレートが置かれる。

それを運んできた静馬は、ホットプレートのプラグをコンセントに差し込み、ダイヤル
を『強』に合わせてからキッチンに戻《もど》っていった。

「あ、僕も手伝いますよ」

大作が席を立った。巴と二人きりにされた美沙緒は少し気詰《きづ》まりを感じながらも、訪問《ほうもん》
の目的を果たそうと自分を奮《ふる》い立たせる。

「静馬君は少し前まで大阪にいたそうですけど……」

「和歌山の高野山《こうやさん》です。そこの親戚《しんせき》にお世話になっていました」

「大阪出身じゃないんですか？」

「小学校までは大阪の枚方《ひらかた》でしたけど、私がこっちの大学に進学することになって、親戚

のところへ預《あず》けられたんです」

「中学はずっと和歌山に？」

「和歌山の前は京都にいました」

「京都？」

「その前は神戸……いえ、尼崎《あまがさき》だったかも。詳《くわ》しいことは本人から聞いてください」

要するに親戚の間を転々としていたということらしい。

「ご両親は……？」

「ここ十年ほど日本に戻ってきていません。生きてはいるようですが」

そう答える巴の顔がわずかに強張ったのを美沙緒は見逃《みのが》さなかった。十年前といえば巴はまだ中学生の頃《ころ》だろう。複雑《ふくざつ》な家庭環境《かんきょう》ゆえ、両親に対して何か含《ふく》むところがあるのだろうか——そう考えると突《つ》っ込《こ》んだ質問《しつもん》もし難《にく》かった。

「ほい、姉やん」

キッチンから勢《いきお》いよく飛んできたビールの缶《かん》を巴が片手《かたて》でキャッチする。続いて静馬と大作が切った野菜や肉の入ったボウルを持ってきた。充分《じゅうぶん》に熱せられたプレートに油をひき、小麦粉を溶《と》いた生地《きじ》を薄《うす》く伸ばすと、そこへ細切りキャベツを山盛《やまも》りにのせる。油の弾《はじ》ける音とともに、加熱されたキャベツの発する甘《あま》い匂《にお》いがリビングに広がっていく。お好み焼きが出来上がっていく過程《かてい》を眺《なが》めているわけにもいかないので、美沙緒は再び口を開いた。

「ところで――巴さんのお仕事は？」

「四ッ葉中に勤《つと》めています」

「え？　じゃあ、先生なんですか!?」

「ええ。新任《しんにん》ですので勤めてまだ半年ちょっとですけど」

それを聞いた美沙緒はなるほどと思った。

巴は静馬が自分の教え子に悪さをしていると早合点《はやがてん》して助けに入ったのだ。その後の言動からして、静馬と姉弟《きょうだい》だという事実を隠蔽《いんぺい》しようという意図もあったに違いない。

そう考えてから、美沙緒は新たな問題に気付いて愕然《がくぜん》となった。

（い、言えない……草彅君が学年主任の顔面に跳《と》び蹴《げ》りを食らわせたなんて！　Kファイトで学園を混乱《こんらん》の渦《うず》に巻《ま》き込もうとしているなんて……!!）

同じ教師《きょうし》という立場上、その事実はあまりに酷《ひど》すぎて口に出せるものではなかった。

静馬が上京してくるまで巴は離《はな》れて暮《く》らしていたのだ。静馬の人格形成に巴が大きな役《やく》割《わり》を果たしたとは思えなかった。

プシュッ。

巴が缶ビールを開けた。三五〇ml入りの缶を瞬《また》く間に飲み干《ほ》すと、静馬から二本目を受け取る。プルタブに指をかけたところで美沙緒と目が合った。巴は美沙緒と缶ビールを交《こう》互《ご》に見て、急に血相を変える。

「静馬！　家庭訪問にきてる先生の前でビールなんか飲めるわけないでしょ⁉」

「そういうことは飲む前に言うもんちゃうんか？」

「あんたが出すから飲んじゃったのよ！」

「ワシのせいちゃうやろが」

「あんたのせいよ！」

巴に首筋《くびすじ》を摑《つか》まれた静馬が悶《もだ》え苦しんだ。ものすごく痛《いた》いツボを押《お》されているらしい。

（この乱暴さは遺伝《いでん》なのかしら……？）

野人静馬を片手《かたて》で無力化する巴に畏敬《いけい》の念を覚えながら、美沙緒はそう考え直した。

五

「とうとうこの日が来てしまった……」

土曜日——三日前と同じ告知ポスターの前に立った美沙緒は、ため息混《ま》じりに呟《つぶや》いた。

今日は〈Kファイト〉開催《かいさい》当日である。生徒たちは皆《みな》朝から浮《う》き足立っていて、一時限目はほとんどのクラスでまともな授業《じゅぎょう》ができなかったと聞く。

家庭訪問では複雑《ふくざつ》な家庭の事情《じじょう》を察して美沙緒が遠慮《えんりょ》してしまったこともあり、静馬の作るお好み焼きが美味だったということ以外、これといった収穫《しゅうかく》は得られなかった。静馬の性格《せいかく》のルーツを探《さぐ》るにはもっと別の角度からのアプローチが必要だったが、まだその手《て》掛《が》かりすら摑めていない。

(草薙君どころかそのお姉さんだって私の手には余《あま》るってのに……)

結局のところ自分はこの事態《じたい》をただ見守るしかないらしい——諦《あきら》めかけていた美沙緒の耳に、流麗《りゅうれい》なピアノの旋律《せんりつ》が聞こえてきた。

「……また?」

例の幽霊《ゆうれい》ピアニストが現《あらわ》れたに違《ちが》いなかった。音楽室はほんの数分前に閉《し》めてきたばかりである。

美沙緒は足音を立てないように注意しながら階段《かいだん》を上った。聞こえてくる曲はショパンの『小犬のワルツ』だ。

三階の廊下《ろうか》に出ると、すぐに大作と出会った。

「神矢く……?」

「し——っ」

大作は唇《くちびる》に人差し指を当てて音を立てないようにジェスチャーで示《しめ》すと、抜《ぬ》き足差し足で音楽室に向かった。事情が分からないまま美沙緒も後についていく。

ドアの前までくると、大作が手振《てぶ》りで鍵《かぎ》を要求してきた。美沙緒が鍵を手渡《てわた》すと、大作は慎重《しんちょう》にドアを開ける。こういった隠密《おんみつ》行動には慣《な》れているのか、大作はこそりとも物音を立てずに音楽室に侵入《しんにゅう》した。

大作の後に音楽室に入った美沙緒は、思わず声を上げそうになった。

ピアノの前に座《すわ》っていたのがまったく予想外の人物――草薙静馬だったからである。

(ねえ、どういうこと?)

二人掛けの机《つくえ》の陰《かげ》に隠《かく》れた美沙緒は、大作の上着の袖《そで》を引いた。

(校内で静馬さんの姿が時々消えるんで、僕《ぼく》も気になってたんですよ)

蚊《か》の鳴くような小声で大作が答える。

机の陰から観察すると、ピアノを弾《ひ》いているのは確《たし》かに静馬本人だった。プログラムで自動演奏《えんそう》するような機能《きのう》はないので当然といえば当然なのだが、外見の粗雑《そざつ》さと演奏の繊《せん》細《さい》さの間にギャップがありすぎるため、逆《ぎゃく》に自分の目の方を疑いたくなる。

『小犬のワルツ』の演奏が終わった。最後まで完璧《かんぺき》なプレイであった。

新たにスローなテンポの曲を弾きながら、静馬が言った。

「そこに隠《かく》れとるやつ、聴《き》くんやったら出てきて座ったらええがな」

「あら、バレてました？」

大作が頭を掻《か》きながら机の下から顔を出す。慌《あわ》てて立ち上がろうとした美沙緒は机の角に後頭部をぶつけた。

「えらい鈍《にぶ》い音したで。大丈夫《だいじょうぶ》か、先生？」

「そ……それどころじゃないわ！」

痛《いた》みに涙目《なみだめ》になりながら、美沙緒は静馬の前に駆《か》け寄《よ》った。

「どうして草薙君がピアノを弾いてるの⁉」

「なんでピアノを弾くんやて？　えらい哲学《てつがく》的な質問やな～……まあ、あえて言うなら弾きたいからやな」

「そういうことじゃなくて、どうしてこっそり忍《しの》び込んで弾くの？」

「誰にも邪魔《じゃま》されんで弾きたいだけやがな」

「ええと、聞きたいのはそういうのじゃなくて……」

頭を打ったせいか、美沙緒は最も知りたい事についての質問の仕方が思いつかない。軽いパニックに陥《おちい》っている美沙緒に構《かま》わず、静馬は気分よくピアノを弾き続ける。

「大作、なんでピアノが『楽器の王様』て呼ばれてるか、知っとるか？」

「ピアノが『楽器の王様』と呼ばれてること自体、はじめて知りましたけど」

「アホやな〜。ピアノはそれひとつで何でも演奏できるさかい『王様』て呼ばれるんや。それぐらい覚えとけ」

静馬の目の前に楽譜《がくふ》は置かれていなかった。すべて頭の中に入っているのか、それとも手が覚えているに違いない。

美沙緒はようやく自分がするべき質問を思いついた。

「草薙君はどうしてそんな上手に弾けるの？」

いつどこで誰から習ったのか——そういった答えを期待した問いだったが、静馬の答えは違っていた。

「上手に弾ける理由？　それはなあ——」

「それは？」

「んなもん、ワシが天才やからに決まっとるやろ！」

そう言い切ると、静馬は弾き語りを始めた。英語の歌詞《かし》だった。

Don't stop me now ——

英国の有名ロックバンドの曲である。

原曲でもピアノが主役となっているナンバーだった。

バラードを思わせるスローな序盤《じょばん》から一転、中盤からはアップテンポのスピーディな展《てん》開《かい》へと変わる。空に駆け上っていくような疾走《しっそう》感が素晴《すば》らしい曲だが、静馬はもたつくことなく弾きこなし、普段《ふだん》の声質からは想像《そうぞう》も出来ない伸《の》びのある歌声を披露《ひろう》していた。

その演奏に深い感動を覚えながら、美沙緒はますます草薙静馬という少年のことが分からなくなっていた。

しかしそれは不愉快《ふゆかい》な感覚ではなく、むしろその逆だった。

それはある種のときめきにも似《に》た喜びだった――

☆

校長室のドアが激《はげ》しくノックされた。

「入りたまえ」

藤堂校長が応《こた》えると、顔を紅潮《こうちょう》させた美沙緒が駆け込んできた。万事控《ひか》え目な美沙緒には珍《めずら》しく興奮《こうふん》した様子でデスクに詰《つ》め寄る。

「どうして教えてくださらなかったんですか⁉」

「何をかね？」

「草薙君が、あの草薙虎之介《とらのすけ》の息子《むすこ》さんだって教えてくれなかったじゃないですか！」

「そうかね」

「そ、そうかねって……」

藤堂の落ち着きぶりに気を殺《そ》がれた美沙緒は、興奮《こうふん》の反動で立ちくらみを覚えてデスクに突《つ》っ伏《ぷ》した。

美沙緒が呼吸《こきゅう》を整えている間に藤堂はデスクの抽斗《ひきだし》から静馬のファイルを取り出した。ファイルには新たに報告《ほうこく》された家族に関する項目《こうもく》が追加されている。

「虎之介氏は国内でこそ無名だが欧州《おうしゅう》の方ではそこそこ名の知られた人物のようだな。ピアニストでサックス奏者で作曲家で指揮《しき》者で……ロックからクラシックまでジャンルを問わず何でもこなす天才肌《はだ》の音楽家らしい。恐《おそ》るべき自信家でケンカっ早く、行く先々で何かとトラブルを起こす——蛙《かえる》の親はやはり蛙だったというわけだ」

「それが分かっていて、どうして止めないんですか⁉」

「何を止めろと言うのかね？」

「〈Kファイト〉に決まっています！」

美沙緒は両手でマホガニーのデスクを力一杯《いっぱい》叩《たた》いた。

「彼の手はピアニストの手です！　それも天才的な！　怪我《けが》でもして万が一ピアノが弾けなくなったらどうするつもりですか⁉」

「そうなったらなったで仕方あるまい。彼自身が始めたことなのだからな」

「そんな無責任《むせきにん》な！」

「だったら君が止めたまえ」

美沙緒は言葉に詰まった。誰にも静馬を止められないことは分かっている。姉の巴ほどの実力があれば力ずくで止められるかも知れないが、それでは意味がない。

「誰も他人の人生に責任など持てはしない。君は草薙君の手がピアニストのそれだと言うが、私から見れば格闘家《かくとうか》の手でもある」

「しかし……」

「それに彼の格闘スタイルは〈載拳道《ジークンドー》〉だ」

「ジークンドー……？」

藤堂は写真入りのファイルを開いて美沙緒に見せた。学園祭の校内異種《いしゅ》格闘技大会に飛び入り参加した時のスナップが集められたものだった。

「かつてブルース・リーが詠春拳《えいしゅんけん》等をベースに工夫《くふう》を加え編《あ》み出した武術《ぶじゅつ》だ。載拳道は単なる格闘術に留《とど》まらず、生き方そのものに関《かか》わる哲学をも内包している」

藤堂は不意に右の拳《こぶし》を突き出した。一メートル以上離《はな》れた位置にもかかわらず、拳突《けんとつ》の生み出す風圧《ふうあつ》は意外な強さで美沙緒の顔に当たり、前髪《まえがみ》を揺《ゆ》らせた。

「載拳道はただ一撃《いちげき》のパンチにも己《おのれ》の全人格《じんかく》を表現《ひょうげん》する事を理想とする。ただ一撃……これは実に難《むずか》しいことだ。音楽に喩《たと》えるなら、たった一つのフレーズで自分のすべてを表現するようなものだ。分かるかね？」

美沙緒には藤堂の言わんとしていることは理解できなかった。美沙緒は一介《いっかい》の音楽教師《きょうし》であって作曲家ではないのだ。

「草薙君の闘《たたか》い方は、この載拳道の技《わざ》だけでなく理念をも体現しようとしているように見える。彼にとって格闘とは決して暴力《ぼうりょく》とイコールではない。いわば究極的《きゅうきょくてき》な自己《じこ》表現なのだ。言葉に頼《たよ》らないコミュニケーションという点では音楽と同じとも言えるだろうな」

藤堂は椅子《いす》から立ち上がると、美沙緒の手からファイルを取り上げた。

「青木君。君は草薙君の対戦を実際《じっさい》に見たことがあるのかね？」

「いえ……」

「君は言葉で彼を理解しようとしているようだが、それは無理な話だ。彼を本当に理解したいと思うのなら、彼の闘いを見ればいい。そこには彼のすべてが表現されているはずだからな」

立ち尽《つ》くす美沙緒の頭上に、校内放送のアナウンスが聞こえてきた。

『Kファイト実行委員会よりお知らせします。間もなく体育館内特設《とくせつ》リングにおきまして、草薙静馬対早乙女巌のスペシャルマッチを開催《かいさい》します。皆《みな》さんお誘《さそ》いの上……』

「さあ、我々《われわれ》も行くとしよう」

そう言って、藤堂が美沙緒の細い肩《かた》を軽く叩《たた》いた。ビクッと美沙緒の身体《からだ》が震《ふる》える。

「これが草薙君のデビュー戦だ」

野獣《やじゅう》の群《む》れが呼《よ》び合っているような歓声《かんせい》が、彼方《かなた》から聞こえてきた——

第八話　Kの洗礼

せんれい【洗礼】①サクラメントの一つで、キリスト教入信の儀式《ぎしき》。バプテスマ。②ある分野や社会に入るために必要とされる経験《けいけん》。③初めての大きな、または特別な経験。

一

その日、大門《だいもん》高校の体育館は異様な空気に包まれていた。

熱気——と、そう言ってしまえばその通りの雰囲気《ふんいき》ではあるが、単純《たんじゅん》にそうとは呼びがたい違和《いわ》感があった。

特設リングを囲む観客席を埋《う》め尽《つ》くした生徒たちの顔には、これから始まるイベントへの期待と不安がないまぜになって表れている。

とりあえず見物に来てはみたものの、楽しんでいいものなのか、そもそも楽しむことができるのか、それすらも量《はか》りかねている——そんな空気が読みとれた。

もちろん中には積極的にイベントを楽しもうとする者もいれば、逆にイベント自体を胡散臭《うさんくさ》いものとして見ている者も少なくない。御剣涼子《みつるぎりょうこ》は当然ながら後者である。

「何でこんなに見物人がいるのよ⁉」

涼子は〈Kファイト〉の会場となった体育館内を見回し、呆《あき》れ顔で毒づいた。

「まったく……バカを調子に乗らせるだけだって、何で分からないのかしら」

「そう言う涼子ちゃんだって来てるじゃない」

「そ、それとこれとは別よ！」

ひとみに指摘《してき》され、涼子は慌《あわ》てて否定《ひてい》した。

「言っとくけど、あたしはこのイベントを楽しみにして来たわけじゃないんだから」

「でも気になるから来たのよね。で、どっちを応援《おうえん》するの？」

「応援？　とんでもない。バカザルの仕組んだイベントがボロボロに失敗するのを見届《みとど》けたいだけよ。せいぜい不様な試合をやらかして世間の失笑《しっしょう》を買うがいいわ！」

「そこまで言う……」

ひとみは苦笑いした。涼子にここまで毛嫌《けぎら》いされる人間も珍《めずら》しいが、それでいていまだ痛《いた》い目に遭《あ》っていないのだから、これはもう例外中の例外といえる。

「涼子さん！　こっちですよ、こっち」

大作《だいさく》が二人を見つけて駆《か》け寄《よ》ってきた。

「ちゃんとリザーブしておきましたから。ささ、どうぞこちらへ」

案内されたのはリングの正面に位置する最前列の特等席だった。大作は『予約席』と書かれた紙をパイプ椅子《いす》の背《せ》から外すと、二人に着席を勧《すす》めた。涼子がひとみと連れ立ってくることが判《わか》っていたのか席は二つ用意されていた。気が利《き》くというべきか、行動が読まれているというべきか——微妙《びみょう》に不愉快《ふゆかい》な気分になりながらも涼子は腰《こし》を下ろした。

「ところで神矢《かみや》君、その恰好《かっこう》は？」

「神矢君だなんて他人行儀《たにんぎょうぎ》な。大作でいいですよ」

「あんたの下の名前なんか知ったこっちゃないわよ。その蝶《ちょう》ネクタイは何のつもりかと聞いてるの」

「えへへ、似合《にあ》います？」

バーテンを連想させる白いシャツに黒い蝶ネクタイ姿《すがた》の大作は、嬉《うれ》しそうに胸《むね》を張《は》って見せた。子供《こども》っぽい所作が異様に似合ってしまうのが、この大作という少年の恐《おそ》ろしいところである。

「あ、可愛《かわい》い……」

「外見にだまされちゃダメよ、ひとみ！」

涼子は大作にあっさり魅了《みりょう》されているひとみの腕《うで》を強く摑《つか》んだ。

「無邪気《むじゃき》に見えても中身は小悪魔《こあくま》なんだから」

「小悪魔だなんて心外だなあ。僕《ぼく》ほど誠意《せいい》にあふれた人間はいないのに」

「自分でそう言う奴《やつ》が一番信用ならないのよ」

「まあまあ、そうトンがらないで楽しんでいってくださいよ。記念すべき最初の〈Kファイト〉なんですから」

「これが最後になることを祈《いの》ってるわ」

とりつく島のない涼子の態度《たいど》に、大作は小さく肩をすくめた。

「とにかく、特等席まで用意したんですから途中《とちゅう》で帰ったりしないでくださいね」

大作がリングの方へ向かうと、ほどなくして体育館の照明が落とされた。スポットライトが正方形の特設リングを照らす。

『——長らくお待たせいたしました！』

リング中央に立った大作が、マイクを手に宣言《せんげん》した。声変わりしているとは思えない、少女のような甘《あま》く澄《す》んだ声色《こわいろ》である。

『ただいまより〈Kファイト〉スペシャルマッチを開催《かいさい》いたします。まずは両選手の入場です!!』

観客のざわめきをかき消す大音量が館内に鳴《な》り響《ひび》く。

ベートーベンの交響曲《こうきょうきょく》第九番『歓喜《かんき》の歌』が流れる中、涼子から見て左手――赤コーナーの方から草薙静馬《くさなぎしずま》が現《あらわ》れた。

長ランをマントのように肩に掛《か》け、ひさしのやたら長い学帽《がくぼう》を斜《しゃ》にかぶったその姿は、どこから見てもバンカラ番長ファッションそのものである。

格闘系《かくとうけい》サークル部員らしい男子生徒たちからの罵声《ばせい》を浴びながら静馬がリングに上がると、第九に代わって別の曲が流れ始めた。勇壮《ゆうそう》というよりは悲壮、どこか不吉《ふきつ》な予兆《よちょう》を感じさせるその劇《げき》的なメロディは――『カルミナ・ブラーナ』。その曲とともに青コーナー側から入場してきたのは早乙女巌《さおとめいわお》である。こちらは何の変哲《へんてつ》もない空手着姿だ。

『青コーナー、身長一八二センチ、体重七〇キログラム！　自称《じしょう》ケンカ百段、大阪からやってきた奇跡《きせき》の野人――草薙静馬ァ〜〜!!』

大作の紹介《しょうかい》を受けて、静馬は長ランと学帽を高々と放《ほう》り投げた。その下から現れたのはケンカのためだけに鍛《きた》え抜《ぬ》かれた逞《たくま》しい肉体である。筋肉質《きんにくしつ》といっても肉の厚《あつ》みからくる重さを微塵《みじん》も感じさせない、野獣《やじゅう》だけが持つ無駄《むだ》なく研《と》ぎ澄《す》まされた肉体美がある。その肉体を誇示《こじ》するかのように上半身は裸《はだか》、下は黒いカンフーズボンに素足《すあし》といういでたちである。

『赤コーナー、身長一八〇センチ、体重八三キログラム！　自称空手四段がハッタリでないことを証明《しょうめい》できるのか、学年主任――早乙女巌!!』

空手の段すら自称呼ばわりされながらも、早乙女は強張《こわば》った表情を崩《くず》さず一礼した。

二人が共通して身につけているのは両手のグローブだった。ボクシング用のそれとは違《ちが》って五本の指が露出《ろしゅつ》するタイプである。〈Kファイト〉のルール上、打撃《だげき》だけでなく投げや関節技《かんせつわざ》等の摑《つか》み技が認《みと》められているためである。

マイクを手にした藤堂《とうどう》校長がリングに上がった。

『今回の対戦ルールについて私から説明しよう。一ラウンド三分間の五ラウンド制《せい》、各ラウンド間のインターバルは一分間とする。五ラウンドを闘《たたか》って決着がつかない場合は引き分けとし、延長《えんちょう》は行われない。肘《ひじ》打ちと急所への攻撃《こうげき》を除《のぞ》くすべての打撃技、投げ技、関節技、絞《し》め技の使用が認められる。凶器《きょうき》の使用は原則《げんそく》として禁止《きんし》、ただし武道着を利用した絞め技等は例外とする。ダウン及《およ》びリングアウトはテンカウント以内に復帰《ふっき》できなければ敗北となる。なお、試合中の負傷《ふしょう》等により対戦続行不可能《ふかのう》と判断《はんだん》された場合はテクニカルノックアウトとする――以上だ。素晴《すば》らしいファイトを期待する！』

藤堂がリングから降《お》り、対戦する二人とレフェリーがリング上に残った。今回の対戦では藤堂の要請《ようせい》で空手部顧問《こもん》の金田《かねだ》教諭《きょうゆ》がレフェリーを務《つと》めている。

「両者、中央へ――」

「ちょい待ち。タンマや、タンマ」

目の前の早乙女を無視《むし》して辺りをキョロキョロと見回した静馬は、涼子の姿《すがた》を認《みと》めると、トップロープから身を乗り出して手を振《ふ》った。

「おう、涼子！　ワシのカッコええとこ、よ〜う見とけよ！」

「人の名前を気安く呼ぶんじゃないわよ、この赤ザル！」

涼子は露骨《ろこつ》に眉《まゆ》をひそめ、しっしっとハエでも追っ払《ぱら》うような手振りで不快感を示《しめ》したが、静馬の方には毛嫌《けぎら》いされているという事実を認める様子がまったくない。信じ難《がた》いことだが、分かっていて無視しているのではなく本当に気付いていないらしい。それが余計《よけい》にいまいましかった。

再《ふたた》びレフェリーに呼ばれて、静馬はリング中央で早乙女と向き合った。金田から対戦ルールの再確認《かくにん》と、ダウンした相手に対する攻撃の制限等の説明がなされる。

『――さあ、いよいよ第一回目の〈Kファイト〉が始まります！』

滑舌《かつぜつ》のいい女子の声が会場に響《ひび》く。

『実況《じっきょう》はわたくし放送部二年の藤島夏美《ふじしまなつみ》、解説《かいせつ》は藤堂鷹王《たかお》校長、そして特別ゲストとして草薙静馬の担任教諭《たんにんきょうゆ》でもある青木美沙緒《あおきみさお》先生に、ここリングサイドの特設実況席にお越《こ》しいただいております』

「何やと!?」

静馬は放送を聞くなりロープ際《ぎわ》に駆け寄り、美沙緒の姿を見つけると、涼子に向かってしたのと同じように手を振った。

「美沙緒先生、早乙女はワシがあんじょう料理したるさかい、安心して見といたってや～」

「ちょ、ちょっと草彅君!?」

まるで美沙緒自身がそう頼《たの》んだようにも受け取れる言い方である。訂正《ていせい》を求めようとした美沙緒の声は、ゴングの音にかき消された。

『さあゴングが鳴りました！　両者、リング中央でにらみ合います。前後に軽くステップを踏《ふ》みながら様子を窺《うかが》う草彅に対し、早乙女は両足を前後に開き、腰《こし》を落としたいわゆる空手の構えのまま動きません。先に仕掛けるのはどちらか――どう見ますか、校長？』

『早乙女君は柔道《じゅうどう》でも有段者《ゆうだんしゃ》だが、打撃技と摑み技を併用《へいよう》する試合は未経験《みけいけん》のはずだ。対する草彅君はルール無用のケンカに慣《な》れている。どのような試合運びになるかは草彅君の出方次第《しだい》だろう。一ラウンド三分という制限の中では……』

『おっ、草彅が前へ――！』

夏美が藤堂の解説をさえぎった直後、静馬が最初の攻撃を仕掛けた。無造作《むぞうさ》ともいえる足取りで早乙女に近寄り、差し込むように右手を突《つ》き出す。

パァン！

高い音が響いた。

観客の生徒たちは、その意表を突いた攻撃に息を吞《の》んだ。

静馬が平手《ひらて》で早乙女の横っ面《つら》を張り飛ばしたのである——

二

その日、早乙女巌は朝から極度《きょくど》の緊張《きんちょう》状態にあった。

緊張などという当たり前の言葉では到底《とうてい》表現できない、異常《いじょう》な精神《せいしん》状態にあったといっていい。

草薙静馬との対戦が決まってからの三日間というもの、早乙女巌の生活はひどく現実感を欠いていた。あまりに受け入れ難い、不条理《ふじょうり》な状況《じょうきょう》に身を置かれたためである。

そもそも学年主任という立場にある自分が何故《なぜ》、草薙静馬のごとき不良生徒と本気で対決せねばならないのか⁉　それも衆人環視《しゅうじんかんし》の中で殴《なぐ》り合いを演じることに、いったい何の意味があるというのか。

（ナンセンス！　あまりにもナンセンスだ！）

大人が子供《こども》と同じ土俵《どひょう》に立ち、同じ条件で争うなど愚《ぐ》の骨頂《こっちょう》だった。ましてや殴り合いでの勝利など無意味である。

早乙女にとって『強い』ということは、すなわち『闘《たたか》うまでもなく相手を圧倒《あっとう》できる地位につくこと』に他《ほか》ならない。相手を一方的に殴りつけても決して反撃されない――それが『強い』という言葉の正しい意味だと理解していた。実際に殴り合って勝てるかどうかという問題ではなかった。

これは早乙女独自《どくじ》の信念というわけではない。これこそが世間一般《いっぱん》の常識《じょうしき》であり、正常《せいじょう》な大人の考え方だと確信《かくしん》しているからだ。だが〈Kファイト〉で対決せよという藤堂校長の命令は、まさにこの常識を破壊《はかい》する暴挙《ぼうきょ》であった。正気の沙汰《さた》とは思えない所業である。

（あの男はいかれている）

早乙女は藤堂校長のことを思うたびに腹《はら》の底で毒づいた。上司の無茶な命令で部下が詰《つ》め腹《ばら》を切らされることになるのはありがちな話だが、それもまた常識であることは都合良く失念している。

自分が正常人であると自覚している早乙女は、まず〈Kファイト〉の開催《かいさい》そのものを中止させられないかと考えたが、すでに手遅《ておく》れだった。藤堂はその場の思いつきで開催を宣《せん》言《げん》したわけではなく、あらかじめ周到《しゅうとう》に準備《じゅんび》を進めていたのだ。藤堂の張ったその罠《わな》の中に飛び込んでいったのは他でもない早乙女自身である。

やはり自分の手で草薙静馬を倒《たお》す以外にないのか——冷静に考えてそう結論《けつろん》を出したのは対決の前日の朝だった。

放課後、早乙女は空手部顧問《こもん》の金田を訪《たず》ねた。若《わか》いが終始仏頂面《ぶっちょうづら》で愛想《あいそ》のない教諭は、学年主任の顔を見ても眉《まゆ》ひとつ動かさずに応対《おうたい》した。

「ようやくやる気になられたようですな」

金田はすべて心得ているようにそう言うと、サンドバッグを相手に蹴《け》りの練習をしている部員の一人を呼んだ。

「一年の古賀《こが》です。学園祭のトーナメントで草薙と決勝を争いました」

早乙女に向かって一礼したのは、剛毅朴訥《ごうきぼくとつ》を絵に描《か》いたような面構《つらがま》えの少年だった。古賀大地《だいち》である。

「君はいつから空手をやっている？」

「六歳《さい》からです」

かれこれ十年のキャリアである。早乙女は頷《うなず》くと、あらためて質問《しつもん》した。

「草薙静馬と対戦したそうだな。どんな感じだった？」

「突きが当たりません」

突きとは正拳《せいけん》突きのことである。

「正面からのまともな攻撃《こうげき》はすべて避《よ》けられました。空手の突きは前動作が大きいので打つ前に悟《さと》られてしまうようです」

「蹴りはどうだ？」

「カウンターで合わせれば当てることはできます」

「当てるだけか」

「当てても手応《てごた》えがありません。威力《いりょく》を上手《うま》く殺されている感じです。後半は深く踏《ふ》み込《こ》むように心がけましたが、その感じは変わりませんでした」

つまり目がいいということである。生まれつき動体視力《しりょく》と反射神経《はんしゃしんけい》に優《すぐ》れた人間ならその程度《ていど》のことは自然とできるものだ。

「で、草薙の技は？　何を使う？」

「自分との対戦で使ったのは主に蹴りでした。恐《おそ》ろしく速いし、よく伸《の》びます。どんな体《たい》勢《せい》でも蹴りが出せるようです。五回連続で出してきたのには驚《おどろ》きました。空手の蹴り方とは根本的に違います。その場で立ち止まって蹴るということがありません。中国拳法かもしれません」

古賀の回答に澱《よど》みはない。たった一度の対戦にもかかわらずよく覚えているものだと早乙女は感心した。学園祭での対戦以来ずっと静馬と闘う方法を研究していたに違《ちが》いなかった。

「つけいる隙《すき》があるとすれば、どこだと思う？」

「一度闘ったくらいでは分かりません。それに自分との対戦では打撃しか使ってきませんでした。自分が空手使いなのでそれに合わせたようです。他の対戦ではアマレスの投げ技《わざ》も使っていたし、他にも何か隠《かく》しているかも……とにかく底の知れない男です」

結局古賀から聞き出せた情報はそこまでだった。分かったことといえば並《なみ》の空手技が通用しないということくらいである。聞かない方がまだよかった。

組み手の相手でもしましょうかという金田の申し出を断《ことわ》り、早乙女は道場を後にした。

ふと柔道部にも寄ってみようかと考えたが、顧問である小関遼二《こせきりょうじ》のニヤけた顔を思い出したとたんに中《ちゅう》っ腹《ぱら》になったのでやめた。

『おいおい、ロートルが何を今さらジタバタしてんの？』

顔を見るなりそんな風に嘲《あざけ》りの言葉を投げつけてくるに決まっている。たとえ口には出さずとも顔つきでそれを表現するに違いない。反骨精神旺盛《はんこつせいしんおうせい》な大門高校一の無責任教師《むせきにんきょうし》は早乙女を完全に舐《な》めきっていた。

帰宅《きたく》した早乙女は空手の型を一通りやってから少し早めに床《とこ》についた。

しかし眠《ねむ》れない。恐《おそ》ろしい焦燥《しょうそう》感に取り憑《つ》かれて目が冴《さ》えてしまい、夜中に何度も起き出しては台所へ行って白湯《さゆ》を飲んだり、トイレに立ったりした。ようやく寝入《ねい》ったのは三時過《す》ぎであった。


そして対戦当日の朝――早乙女は目覚めた時からすでに憔悴《しょうすい》しきっていた。

神経性《しんけいせい》の胃痛《いつう》の自覚があった。まるで登校拒否《きょひ》児童ではないか、と愕然《がくぜん》とした。

しかし子供《こども》のように駄々《だだ》をこねてズル休みをするわけにもいかない。早乙女は胃薬を飲んで出勤《しゅっきん》したものの、その足取りはまるで雲の上を歩くように心許《こころもと》なかった。

(しょせんは高一のガキにすぎんではないか。何を恐れることがある)

己《おのれ》にそう言い聞かせ、早乙女は普段《ふだん》通りに仕事をこなすうちに、うわずった気分は静まっていった。放課後、Kファイト実行委員会の生徒が呼《よ》びにきた時も、控《ひか》え室で空手着に着替《きが》えて待っている間も、自分でも驚くほど平静でいられた。腹は据《す》わったつもりだった。

(よし、思い上がった小僧《こぞう》に目にもの見せてくれる)

しかし、リングアナウンサーの紹介《しょうかい》を受けて体育館に入場した直後、その気合いは一気に消し飛んだ。

特設《とくせつ》リングの設《もう》けられた体育館には、全校生徒の過半数が詰《つ》めかけていた。その数に圧《あつ》倒《とう》されたのである。

それまで早乙女が懸念《けねん》していたのは草彅静馬に勝てるかどうかというその一点だけで、対戦が衆人環視《しゅうじんかんし》の中で行われることの意味については考えの外にあった。むしろ考えることを避《さ》けていたといっていい。しかし現実を目《ま》の当たりにしてはその欺瞞《ぎまん》も通用しない。敗北すなわちさらし者なのだ。

静馬に痛めつけられて敗北するだけならまだいい。だがその一部始終をこれほど大勢の生徒に観《み》られるという恥辱《ちじょく》には耐《た》えられるものではなかった。そんなことになれば、もはや自分はこの高校にはいられないだろう。教師として生きていけるかどうかも怪《あや》しい。そして何より、この場に自分の味方がただの一人もいないことを早乙女は熟知《じゅくち》していた。

(俺はなぶり殺される)

早乙女はそう直感し、心底縮《ちぢ》み上がった。

足はリングへと向かいながら、頭の方はほとんど空白の状態になっていた。リングに上がり、レフェリーの金田からルールの説明を受けている時も、落ち着き払《はら》ったふうな顔とは裏腹《うらはら》に意識《いしき》は上《うわ》の空である。何も耳に入っていない。

早乙女の精神と肉体は完全に遊離《ゆうり》していた。何百もの視線が自分に注がれている――そう意識するだけで目がくらんだ。ゴングの音が聞こえてきたが、それはただの耳障《みみざわ》りな刺《し》激《げき》にすぎなかった。早乙女の世界はグルグルと回っていた。

パァン！

耳がキン、となる高い音が響《ひび》いた。

頬《ほお》に走る鋭《するど》い痛みに、早乙女の意識は急速に覚醒《かくせい》した。

平衡《へいこう》感覚が正常に戻《もど》り、素足《すあし》の裏に硬《かた》いカンバスの床《ゆか》の感触《かんしょく》を感じた。

目の前に静馬が立っていた。早乙女は自分が平手打ちを食らったことを理解した。

「なぁにボ〜ッとしとんねん！　お前の相手はこのワシじゃ!!」

怒気《どき》をはらんだ野人の精気が熱風のように早乙女の全身を打った。

腹の底から冷えていた早乙女の身体《からだ》は、火がついたようにカッと熱くなった。

「余計《よけい》なこと考えんな！　目の前のケンカに集中せえ!!」

「やかましい！」

その叫《さけ》びとともに、肺《はい》に澱《よど》んでいた息を吐《は》き出す。

早乙女の目にはもはや静馬以外のものは映《うつ》っていなかった。見物の生徒たちのことなど視界から消えている。

早乙女は何のためらいもなく拳《こぶし》を突き出した。

空手の突きは通用しない、という古賀の言葉もどこかへすっ飛んでいる。

無我夢中《むがむちゅう》の一撃であった。

三

週明け早々、第一回〈Kファイト〉の結果が掲示板《けいじばん》に張《は》り出された。試合の模様《もよう》を伝える写真パネルの数は二十枚《まい》以上にも及《およ》んだ。勝負が第五ラウンドまでもつれ込んだためである。そのパネルを腕組《うでぐ》みしたまま眺《なが》めながら、涼子は怪訝《けげん》そうに呟《つぶや》いた。

「……何で、どれもこれも左右対称《たいしょう》なのよ?」

写真の半分は静馬と早乙女を真横からとらえたショットだった。奇妙《きみょう》なのは、鏡に映《うつ》したように二人が同じ技《わざ》を出していることだ。

まるで申し合わせてやっているように見えるが、これは静馬の仕業《しわざ》である。早乙女の正拳突きに対して同じ突きを、上段蹴《げ》りに対してもやはり同じ形の蹴りで応じている。攻撃《こうげき》を受けてから返しているのではない。早乙女が攻撃する気配を察して、それと同じ技を相手よりも速く出すという離《はな》れ業《わざ》をやっているのだ。

静馬が早乙女と違《ちが》う技で攻撃したのは、早乙女を正気に戻した最初の平手打ちと、とどめに使った技のたった二つきりである。

古賀との決勝戦では攻撃をことごとく見切って躱《かわ》していた静馬だが、早乙女戦ではすべての攻撃を真正面から受けている。静馬本来の闘《たたか》い方ではない。実力の十分の一も出してはいない。

静馬がどういうつもりでこんな闘い方をしたのか——それは涼子にも理解《りかい》できなかった。見物にきていた生徒たちも同様だったろう。

はっきりしていることは一つだけだった。

静馬が早乙女に勝利し、退学《たいがく》を免《まぬが》れたというその事実である。

「右腕の怪我《けが》はもういいのかね？」

校長室にやってきた早乙女巌の姿《すがた》を見て、藤堂は労《ねぎら》うような口調で言った。

勝負を決したのは、第五ラウンド残り十秒という土壇場《どたんば》で静馬が仕掛《しか》けた〈腕ひしぎ逆《ぎゃく》十字固め〉であった。これで右腕を極《き》められた早乙女はたまらずギブアップした。残り時間は三秒だった。

試合後は痛《いた》めた右腕を吊《つ》っていた早乙女だが、翌日《よくじつ》には痛みは引いていた。顔面への打撃はほとんど受けていないため、背広《せびろ》を着ている分には目立った外傷《がいしょう》は見られない。ただ打撲《だぼく》と筋肉痛《きんにくつう》のため全身から湿布《しっぷ》の臭《にお》いを漂《ただよ》わせている。

早乙女は藤堂のデスクに歩み寄《よ》ると、懐《ふところ》から取り出した一通の封筒《ふうとう》を机上《きじょう》に置いた。

「これは何かね?」

「辞職願《じしょくねが》いです」

封書の表にもそのように書いてある。

「最近は流行《はや》らんよ。こういうのは」

「流行り廃《すた》りは関係ないでしょう」

「……ふむ。一理ある」

藤堂は封筒を手に取り、書状《しょじょう》を取り出した。〈Kファイト〉における敗北は耐《た》え難《がた》い恥《ち》辱《じょく》であり、男としての面目《めんぼく》を失った。もはや大門高校で教諭《きょうゆ》を続けていくことはできない。ついては教職《きょうしょく》を辞したい――そういったことが簡潔《かんけつ》に書かれている。

「一回負けたくらいですごすごと逃《に》げ出すのかね」

藤堂の言葉には揶揄《やゆ》する響《ひび》きがあったが、早乙女は取り合わなかった。怒《おこ》るほどの元気も残っていない。

「草薙君に負けたからといって、何も慌《あわ》てて辞職することもあるまい。君が勝った場合は草薙君の処分は自由にしろと言ったが、君が負けた場合の条件《じょうけん》は何も決まっていなかった。現に、草薙君は君をクビにしろなどとは言ってきていないぞ」

「しかし……」

「後ろ指をさされるのがそんなに辛《つら》いかね？」

早乙女は赤面した。藤堂の指摘《してき》はまさに図星だった。今のところ表立って嘲《あざけ》りを受けるようなことはないが、教職員たちの視《し》線《せん》や態度《たいど》にはどことない憐《あわ》れみがあるように思える。〈Kファイト〉の結果が発表されたことで、早乙女に対する風当たりはますます厳《きび》しくなるのは確実だった。辞《や》めるなら今日しかない。

「辞職することを潔《いさぎよ》さだと考えるのは早合点《はやがてん》というものだ。君は自分が生徒たちの模範《もはん》たる教師だということを忘《わす》れている。責任《せきにん》を放棄《ほうき》して楽な選択《せんたく》をしているにすぎん」

「私に生き恥《はじ》をさらせと⁉」

「この程度《ていど》の恥が何だというのだね？　負けたとはいえ怪我らしい怪我もしていないだろう。甘《あま》ったれたことを言ってもらっては困《こま》る」

藤堂は早乙女の言っていることが要するに泣き言であると断《だん》じた。早乙女が静馬に手酷《てひど》く痛《いた》めつけられ、大怪我で入院でもしていればまだ話は別だったのだろうが、実際《じっさい》にはほとんど無傷《むきず》なのだ。

静馬がその気なら早乙女をそれこそ完膚《かんぷ》無《な》きまでに叩《たた》きのめすこともできたろうし、もっと短時間で決着がついていたはずである。最後の〈腕《うで》ひしぎ逆十字固め〉にしても素人《しろうと》の技とは思えないほど鮮《あざ》やかな手際《てぎわ》だった。早乙女の突《つ》き出した拳《こぶし》を捕《つか》まえ、立った状態からその腕にぶら下がるように飛びついて仕掛けたのだ。〈跳《と》び関節〉と呼ばれる柔道技の一つである。極め方も完璧《かんぺき》、電光石火の早業《はやわざ》といえた。

「君は〈Kファイト〉の意義を理解していない。君だけではない、生徒たちにしたところで同様だ。君の敗北など序《じょ》の口にすぎん。本当の波乱《はらん》はこれからだ」

藤堂は辞職願いをひきだしにしまった。

「これはひとまず預《あず》かっておく。ずる休みも許《ゆる》さん。しばらくは事の成り行きを見守っていたまえ……それが〈Kファイト〉の洗礼《せんれい》を受けた者としての義務《ぎむ》だ」

☆

二日後——

校内のすべての掲示板《けいじばん》に、Kファイト実行委員会発行のポスターが貼《は》り出された。

『ケンカ解禁《かいきん》!!』

達筆ででかでかと書かれた表題も驚《おどろ》きだが、告知されている内容《ないよう》もまた前代未聞《みもん》であった。校内での私闘《しとう》を容認《ようにん》し、その対戦のルール設定《せってい》から判定《はんてい》まで含《ふく》めたお膳立《ぜんだ》てをKファイト実行委員会が請《う》け負うというのである。

「……なに？　これ……」

ポスターを端《はし》から端まで読み返しながら、美沙緒はあんぐりと口を開けていた。脳《のう》が点になっている。

普《ふ》通《つう》に考えれば、ポスターに書かれているケンカとは草薙静馬に対する挑戦《ちょうせん》のことだと誰《だれ》もが思うだろう。しかし文面をよく読んでみるとそんな規《き》定《てい》はどこにもない。静馬の写真が使われているわけでもなかった。

つまりこれは『誰《だれ》が誰に対してケンカを売ってもよい』という触《ふ》れなのである。先日の静馬対早乙女戦では見物人だった生徒たち、そして教職員に至《いた》るまで、すべての人間が当事者になりうるという意味だった。

「まさかね。こんなのきっと悪いじょ……」

冗談《じょうだん》よ、と言いかけた口が凍《こお》り付く。

ポスターの一番下には『これはジョークではありません』との注釈《ちゅうしゃく》が添《そ》えられていた。

ケンカ解禁の触れは全校に衝撃《しょうげき》をもって迎《むか》えられた。

当初は文面の上《うわ》っ面《つら》だけを見て静馬がケンカ相手を募《ぼ》集《しゅう》しているだけだろうと高《たか》をくくっていた生徒たちも、すぐにそれが思い違《ちが》いであることを悟《さと》り、来《きた》るべき事態の恐《おそ》ろしさに戦慄《せんりつ》した。

Kファイト実行委員会を率《ひき》いるのが藤堂校長自身であることは公然の事実だった。その校長が校内でのケンカを許可《きょか》したのである。正しく暴挙《ぼうきょ》と言えた。

事の重大さが知れ渡《わた》るとともに、ピリピリとした緊張《きんちょう》感が校内を支配《しはい》した。誰が次の〈Kファイト〉を闘うのか――生徒も教職員も、息を殺して様子を窺《うかが》っていた。

そんな中、渦中《かちゅう》にいるはずの静馬一人だけが呑気《のんき》な顔で過《す》ごしている。静馬にケンカを売ってくる者は皆無《かいむ》だった。静馬とのケンカはイベントに仕立て上げられ、全校生徒の見守る前での闘いになるのは早乙女の例でも明らかである。そんな場所で堂々と闘えるような度胸《どきょう》のある男はそうはいない。

表面的にではあったが、平穏《へいおん》のうちにさらに二日が過《す》ぎた。

「静かなもんだな」

稽古《けいこ》の合間の休憩《きゅうけい》時間、道場の外に出た獅子《しし》倉達哉《くらたつや》は校舎《こうしゃ》の方に目をやりながら呟《つぶや》いた。

不気味なほど風のない日だった。空は薄曇《うすぐも》りで、空気が妙《みょう》に生温《なまぬる》い。生徒の大半は部活等で校内に残っている時間だが、普段《ふだん》に比《くら》べて活気がないように思えた。

「嵐《あらし》の前の静けさって言葉があるが……今がちょうどがそれだな」

「静かでけっこうじゃないですか」

ケンカ解禁!!
K-FIGHT!!
Kファイト実行委員会

涼子は達哉の予感を否定《ひてい》するように強い語調で言った。

「下手にあのバカザルに構《かま》うから騒動《そうどう》になるんです。放《ほう》っときゃいいんですよ」

「無視できるような男なら最初からそうしてるさ。それに、次に〈Kファイト〉がある時に対戦するのが草薙とは限《かぎ》らないだろ」

「あのバカと関係ないところで〈Kファイト〉をやろうなんて物好きはいないと思いますけど？」

「そうかな」

達哉は涼子の意見には賛同しなかった。

「あの告知ポスターを見たろ？　誰も口に出して言わないから、もしかすると俺《おれ》の思い過ごしかも知れないんだが……どこにも〈Kファイト〉が申し込み制だとは書いてなかったように思うんだ」

「どういうことですか？」

「つまりだな……」

ピィィ――――ッ！

校内から高い笛の音が聞こえてきた。それに呼応《こおう》するように他の場所からも同じ笛の音が鳴った。普通の楽器の音ではない。何かの合図のために吹《ふ》き鳴らされた呼び子である。

それからほどなくして校内放送が流れた。興奮《こうふん》気味の声が全校に響《ひび》く。

『――全校生徒の皆《みな》さんにお知らせします。ただ今より第二回〈Kファイト〉を開催《かいさい》いたします。観戦には第一サークル棟裏手《とううらて》までお越《こ》しください。繰《く》り返します……』

道場に戻《もど》りかけていた二人は、足を止めて顔を見合わせた。

「どうする？」

達哉がそう訊《き》いた時には、涼子はすでに駆《か》け出していた。

いつしか、校内の空気が震《ふる》えていた。

風が吹き始めている。

四

早乙女巌は油断《ゆだん》していた。

自分がよもや二回続けて〈Kファイト〉の当事者になるとは予想していなかったからだ。

事の起こりは、校内の見回りの途中《とちゅう》、運動系《けい》のクラブの部室がある第一サークル棟の裏手で喫煙《きつえん》している生徒を発見し、注意したことだった。

見知った顔の生徒だった。二年生が三人、三年生が二人の計五人である。遅刻《ちこく》の常習《じょうしゅう》犯《はん》で、生活態度にも問題ありとして何度か指導《しどう》したことのある生徒たちだった。

注意された三年生は、早乙女の顔を見ると嘲《あざけ》るように鼻で笑い、無視《むし》してタバコをふかした。早乙女が近寄ってタバコを取り上げようとすると、その手を払《はら》い除《の》け、煙《けむり》を早乙女の顔に吹き付けた。

「何をする⁉」

「うるせえなァ……弱《よえ》えくせに威張《いば》んじゃねえよ」

人を舐《な》めきった薄《うす》笑いを浮《う》かべる。早乙女はその顔を見た瞬間《しゅんかん》に殴《なぐ》ることに決めた。

「貴様《きさま》、歯を食いしばれ！」

振《ふ》り上げた拳《こぶし》が止められた。仲間の生徒が背後《はいご》から組み付き、早乙女の動きを封《ふう》じたのだ。

「歯ァ食いしばれ？　笑わすなよ……てめえの化けの皮はとっくに剝《は》げてんだよ、このカスが！」

早乙女の腹《はら》に蹴《け》りが入った。とっさに腹筋《ふっきん》を締《し》めてダメージを和《やわ》らげたが、さすがに息が詰《つ》まった。

「今までさんざん威張りくさってよ……タイマンでやったらあのザマかよ！　弱すぎんだよ！」

顔面にパンチが入る。口の中に血の味が広がった。

「ケンカが解禁になってからずっと待ってたんだよ。アホ面《づら》さげてノコノコ来やがって……今日こそ徹底的《てってい》にぶっ潰《つぶ》す！」

五人は早乙女を文字通り袋叩《ふくろだた》きにした。地面に這《は》いつくばった早乙女は、顔面と急所をかばい、カメのように丸まって耐《た》える。この五人の中には格闘技《かくとうぎ》の有段者《ゆうだんしゃ》はおらず、全員が静馬のようにケンカ慣《な》れした不良少年というわけでもない。なまくら刀でなぶられているようなものである。だがそれだけに始末が悪かった。ケンカに慣れていないため加減《かげん》というものを知らないうえ、自分の行為《こうい》によってますます逆上し、際限《さいげん》なくエスカレートしていくからだ。

「耐えてんじゃねえぞ、この野郎《やろう》！」

防御《ぼうぎょ》に徹《てっ》した早乙女にたいしたダメージを与《あた》えられないことに業を煮《に》やし、一人が錆《さ》びた金属《きんぞく》バットを持ち出してきた。さすがにバットで殴られては防御できない。

（殺される——）

早乙女は静馬と対戦した時と同じ事を思った。言葉にすれば同じだが、静馬の時と違うのは、純粋《じゅんすい》に物理的な死の危険《きけん》だということである。

「まぁて〜〜〜い！」

不意に、真上から鋭《するど》い声が聞こえてきた。それと同時に黒い影《かげ》が降《ふ》ってきて、早乙女の目の前に着地した。

ガッ！

鈍《にぶ》い音がして、金属バットが真上に飛んだ。黒い竜巻《たつまき》が五人の生徒に襲《おそ》いかかり、次々と薙《な》ぎ倒《たお》していく。金属バットが放物線を描《えが》いて落ちてきたのは、五人目が吹っ飛ばされた後だった。

身を起こした早乙女は、その黒い竜巻が人間だということに初めて気付いた。

「よっしゃお前ら、整列せえ！」

草薙静馬は金属バットを振り回しながら命令した。バットは地面から拾い上げたのではない。最初に生徒の手から蹴り飛ばし、五人を殴り倒した後、落ちてきたところをキャッチしたのだ。ちなみに静馬が一部始終を観察していたのは二階の窓《まど》である。

「整列せえっちゅうとんのが分からんのかァ!!」

腹に響《ひび》く怒声《どせい》とともに、静馬がバットの先を地面に叩きつけた。五人は慌《あわ》てて立ち上がり、なんとなく横一列に並ぶ。五人とも攻撃《こうげき》は受けたもののKOされるまでには至《いた》っていない。静馬が手加減したためである。

「番号！」

五人の顔に困惑《こんわく》の表情が浮かんだ。静馬が何を要求しているのか理解できないという顔だ。上級生が一年生に命令されて素直《すなお》に従《したが》えるか、という気分もある。すでに整列してしまっているが、これ以上は御免《ごめん》だった。

しかし、そんな考えが静馬には通用しないということを彼らは知らなかった。静馬はバットで五つの尻《しり》を次々とぶっ叩くと、再度《さいど》命じた。

「ケッバット食ろた順に整列せえ！」

五人は言われた通りにした。

「番号！」

尾骨《びこつ》を砕《くだ》かれるのを恐《おそ》れた五人は、渋々《しぶしぶ》一番から五番まで順番に答えた。

「大作、マジック」

階段を使って現場《げんば》にやってきた大作に、静馬が手をさし出す。大作は何も訊《き》かずに鞄《かばん》から油性《ゆせい》のサインペンを取り出して静馬に渡《わた》した。サインペンのキャップを取ると、静馬は生徒たちの額《ひたい》に①から⑤までの番号を書き込んでいく。抵抗《ていこう》した者は容赦《ようしゃ》なく殴られた。

「よっしゃ、これでええわ」

満足げに微笑《ほほえ》むと、静馬は早乙女に立ち上がるように手振《てぶ》りで示した。早乙女の全身は血混《ちま》じりの泥《どろ》にまみれている。早乙女の頭から足の先まで観察した静馬は、振り向く素振《そぶ》りも見せずにいきなり生徒④の顔面にローリングソバットを食らわせた。

「ハンデはだいたいこんなもんでええやろ」

静馬の言葉をすぐに理解できた人間は一人もいなかった。最初に気付いたのはやはり大作である。

「五対一ですけど、いいんですか？」

大作の問いに静馬が頷《うなず》く。大作はこの時のためにポケットに忍《しの》ばせておいた呼び子を取り出し、思いきり吹《ふ》き鳴らした。涼子たちが最初に耳にした笛の音はこれである。

「な……何をするつもりだ？」

「ケンカの続きに決まっとるやろ」

早乙女の問いに、静馬は当然のごとく答えた。

「このケンカ、ワシが審判《しんぱん》を引き受けたるわ。五対一やが、まあ問題ないやろ」

早乙女の顔から血の気が引いた。五人の生徒にしても同様である。浮き足立つ対戦者たちを尻目《しりめ》に、静馬は高らかに宣言《せんげん》した。

「――〈Kファイト〉開始や！」

☆

涼子と達哉が現場に駆《か》けつけた時、すでにすべての準備《じゅんび》は整っていた。

第一サークル棟《とう》と校舎《こうしゃ》に挟《はさ》まれた、教室の半分程度《ていど》の広さしかない隙間《すきま》ともいえる場所はいまや〈Kファイト〉に相応《ふさわ》しい舞台《ぶたい》へと変貌《へんぼう》している。周囲に照明とレフ板が設置され、午後になると日も差さない陰気《いんき》な場所を明るく照らし出している。素足《すあし》で動き回っても支障《ししょう》のないように地面は箒《ほうき》で掃《は》き清められていた。

放送を聞きつけて多くの生徒が詰《つ》めかけていた。その最前列に設置されているのが実況《じっきょう》席である。場所が狭《せま》いため、アナウンサーと解説の藤堂の背中越《ご》しに観戦することとなる。生徒たちの一部は校舎の窓やサークル棟の屋根の上から観戦していた。

『さて、突然《とつぜん》の開催《かいさい》となりました第二回〈Kファイト〉！　今回の対戦カードは第一回に続き教師《きょうし》対生徒、それも前回草薙静馬と対戦した学年主任《しゅにん》・早乙女厳と生徒五人によるハンディキャップマッチとなっております！　前回同様、実況はわたくし放送部二年の藤島《ふじしま》夏美《なつみ》、解説に藤堂鷹王校長を迎《むか》えてお送りいたします！』

夏美のアナウンスは全校に放送されていた。大作をはじめとする撮影班《さつえいはん》が壁《かべ》に張《は》り付くようにしてカメラを構えている。

それらの視線を浴びながら、早乙女と生徒五人は対峙《たいじ》していた。早乙女は背広の上着とネクタイを取り、ワイシャツの袖《そで》は肘《ひじ》まで捲《まく》り上げている。革靴《かわぐつ》と靴下を脱《ぬ》いで素足になっている。生徒の恰好《かっこう》もほぼ同様だが、こちらは靴下を穿《は》いたままだ。双方《そうほう》ともに前回の主審の腕章《わんしょう》を着けた静馬がマイクを持って試合場の中央に歩み出た。〈Kファイト〉と同じ指ぬきのグローブをはめている。

『今回のケンカ、ワシが審判をやるからにはワシがルールブックや。言うこと聞かん奴《やつ》にはペナルティを与《あた》えるよってそのつもりでおれよ。どんなペナルティかは言わへんけど、とりあえず一週間は血のションベンが止まらんようになる思とけ』

何が起こるのか分かりすぎるヒントである。

『闘《たたか》うんは一番から五番まで一人ずつ。時間の制限《せいげん》はなし。以上！』

シンプルすぎるルール説明に観客がどよめいた。一人ずつという規定《きてい》はあるが、これは要するに早乙女が倒れるか五人全員が倒されるまで終わらないデスマッチなのだ。

静馬が自分でゴングを鳴らし、試合が――〈Kファイト〉が始まった。

『さあ、一人目が前に出ました。一人目から三人目までは二年生です。急なことで手元に資料《しりょう》がなく五人の名前も分からない状況《じょうきょう》ですので、ここでは生徒①と呼称《こしょう》させていただきます。さあ校長、この対戦はどうなると思いますか？』

『私だって今呼ばれて来たばかりで何も分からんよ。ともかく五対一だからな。早乙女君のスタミナがどこまで続くかが問題だ』

藤堂の解説は当然ながら対戦中の当人たちにも聞こえている。生徒に作戦を教えたようなものだった。生徒①は露骨《ろこつ》に後ろにさがって間合いを広く取った。早乙女に攻《せ》めさせて体力を消耗《しょうもう》させる狙《ねら》いだ。

ガスッ！

この対戦における最初の一撃は意外な方向からきた。静馬が背後《はいご》から生徒①の尻《しり》を蹴飛《けと》ばしたのである。

「前へ出んかい、このボケが！」

その剣幕《けんまく》に押《お》されて生徒①は慌《あわ》てて飛び出した。そこはもう早乙女の間合いだった。正拳《せいけんづ》突きが胸元《むなもと》に突《つ》き刺《さ》さる。ウッと呻《うめ》いて動きが止まったところへローキックを放つ。

スパァン！

小気味よい音が響《ひび》いた。蹴られた太腿《ふともも》から力が抜《ぬ》け、生徒①は崩《くず》れるように地面にへたり込《こ》んだ。

（雑魚《ざこ》め！）

腹《はら》の中でそう罵《ののし》りながら、早乙女は自分でも不思議なほど落ち着いていた。これだけの見物人に注視されていてもまるで緊張《きんちょう》していない。その理由は簡単《かんたん》だった。前回の〈Kファイト〉ですでに恥《はじ》はかき尽《つ》くしているからだ。一度は辞職《じしょく》を覚悟《かくご》した身である。これ以上何を失うものがあろうか。

そして、それ以上に目の前の五人に対する怒《いか》りがあった。静馬との対戦では不様な敗北を喫《きっ》したとはいえ、格闘技《かくとうぎ》のかの字も知らない素人《しろうと》に舐《な》められるほど落ちぶれてはいない。それを身体《からだ》で教えてやる必要があった。

早乙女は続く生徒②、生徒③を突きとローキックだけで下した。攻撃《こうげき》は受けたがすべて防御《ぼうぎょ》している。ほぼ無傷《むきず》の三連勝だった。

しかし四人目は簡単《かんたん》にはいかなかった。

身長は早乙女とほぼ同じだが、生徒④の方がかなり足が長い。このリーチの差が厄介《やっかい》だった。生徒④は早乙女の正拳が届《とど》くギリギリの間合いにとどまり、早乙女が攻撃すると下がりながら蹴りを出してくる。蹴りの威力《いりょく》はさほどではないが、ダメージと疲労《ひろう》が蓄積《ちくせき》し、早乙女の動きには次第《しだい》に切れがなくなっていった。

生徒④は早乙女から見て左方向へ移動《いどう》し続けていた。早乙女が蹴りに使うのは右足のみである。これでは相手を追いかける形になり、充分《じゅうぶん》な威力は期待できない。相手のフットワークを止めてから蹴りたいところだが、生徒④の方が反応《はんのう》が速いため逃《に》げられてしまう。

生徒④の戦法は消極的ではあるが露骨《ろこつ》な逃げではなく駆《か》け引きの範疇《はんちゅう》である。横暴極《おうぼうきわ》まる主審《しゅしん》も手は出さずに見守っていた。横槍《よこやり》を入れるつもりはないらしい。

しばし攻撃の手を休めて呼吸《こきゅう》を整えながら、早乙女は考えた。

（あれを使うしかないか……十年も使ってないが、いけるか？）

それでも使うしかない。意を決すると素速《すばや》く前に出る気配を見せた。生徒④は下がりながら蹴りを出したが、これは外れた。生徒④はすぐに間合いを詰めて再び左方向に足を運びはじめる。

早乙女は一歩前に出ると、すぐに身体を右方向に回転させ、相手に背中を見せた。

ガッ！

異音《いおん》がして、生徒④が右足を折るようにして崩《くず》れた。早乙女の後ろ回し蹴りが相手の右の太腿を捉《とら》えていた。正面からの右足による蹴り——つまり左方向からの攻撃しか考慮《こうりょ》に入れていなかったため、逆方向からの攻撃が見えなかったのだ。

『おお～っと、早乙女の奇襲《きしゅう》成功！　初めて見せる技《わざ》で生徒④の足を止めました！　校長、あの技は？』

『あれは〈龍尾返し《りゅうびがえし》〉という。早乙女君がかつて得意としていた技だ。もともとは相手の肝臓《レバー》を狙って攻撃する技だが、足が上がらなかったので太腿に当たったのだろう』

藤堂の解説《かいせつ》は早乙女の耳には入っていなかった。動きの止まった相手に猛烈《もうれつ》な攻撃を仕《し》掛《か》けている最中だったからである。ボディへの連打をまともに受けた生徒④はようやく崩れ落ちた。

『早乙女、これで四人抜き！　次でいよいよ最後です』

五人目を迎《むか》えながら、早乙女は内心憔悴《しょうすい》しきっていた。右足首に違和《いわ》感がある。カス当たりの〈龍尾返し〉の代償《だいしょう》だった。ことによるとアキレス腱《けん》を痛《いた》めたかもしれない。

（これではもう満足に動けんな……）

もちろん蹴りも使えない。フットワークを使って攪乱《かくらん》する戦法に出られたら、もはや早乙女に勝ち目はないだろう。足を痛めていることを悟《さと》られてはならない。悟られる前に速攻で倒《たお》す以外に手はなかった。

「二分間休憩《きゅうけい》――！」

それまでインターバルをとらなかった静馬が言った。早乙女にとっては有り難《がた》い申し出だったが、静馬の方は別の用事があったらしくいったん試合場から姿《すがた》を消し、すぐに陸上競技で使うある道具を手に戻《もど》ってきた。

「ライン引きなんか持ってきてどうするのよ？」

「まあ見とけ」

涼子の問いにニヤリと笑い返すと、静馬は人垣《ひとがき》を割《わ》って試合場に入り、幅《はば》一・五メートル、長さ三メートル程度《ていど》の長方形を描《か》いた。

「最終戦はこの枠の中でやってもらう。ええな⁉」

観客がうなった。枠《わく》のサイズからして、ほとんど動かずに正面から殴《なぐ》り合うしかない。誰《だれ》よりも静馬の意図を察したのは早乙女だった。

(俺が動けないことを知っているのか?)

考えすぎかも知れないが、どちらにせよこのルールならまだ闘《たたか》える。早乙女はとりあえず安堵《あんど》した。

最終戦が始まった。

開始早々から激《はげ》しい打ち合いになった。早乙女の身体は二分間の休憩で回復《かいふく》するどころか逆に疲労《ひろう》感が増《ま》し、動きが鈍《にぶ》っていた。腕《うで》が上がらず、防御《ぼうぎょ》の隙間《すきま》をぬったパンチを顔面にもらってしまう。早乙女の正拳も相手の顔面をとらえたが、威力は半減していてノックアウトできない。完全にスタミナ切れだった。

「アホ!　気張らんかい!」

静馬の声が耳を打った。

「まだ行けるはずや、サボんな!　お前はやればできる子や!!」

早乙女は不覚にも泣きそうになった。

今日までの半生において『ここを踏《ふ》ん張ればもう一皮むけて成長できる』という場面で必ずといっていいほど踏ん張ってこなかった男なのだ。『やればできる』などというのは生まれつき才能のある人間の台詞《せりふ》である。精一杯《せいいっぱい》の努力をしたところで、失敗すればすべては無駄《むだ》なのだ。むしろ自分の能力《のうりょく》の限界《げんかい》など知らないままにしておいた方がいい――そうやって少しでも危険《きけん》と感じた勝負をことごとく避《さ》けてきた男だった。

防戦に回った早乙女を、スタミナで優《まさ》る生徒⑤はかさにかかって攻撃してくる。普通《ふつう》の試合ならテクニカル・ノックアウトをとるところだが、静馬はそうしなかった。野人の考えなど早乙女には分かるはずもない。早乙女に分かるのは、自分がまだ倒れていないという事実だけだった。

さすがに息切れしたのか、生徒⑤の攻撃が急に緩《ゆる》んだ。それを察した早乙女はほとんど反射《はんしゃ》的に渾身《こんしん》の正拳《せいけん》突きを出していた。ちょうど気を抜《ぬ》いた瞬間《しゅんかん》に鳩尾《みぞおち》に食らったため、生徒⑤はたまらずよろめいた。

その反撃に、周囲から歓声《かんせい》が上がった。それは早乙女が初めて浴びる称賛《しょうさん》の声だった。早乙女は対戦相手の生徒⑤――喫煙《きつえん》を注意されて逆ギレした生徒である――に歯を剝《む》いて笑って見せた。

「もう終わりか？　そんなパンチじゃ、お前がカス呼ばわりしたこの俺《おれ》一人倒せんぞ」

「うっせえんだよ！」

大振《おおぶ》りのフックが飛んできた。早乙女は身を翻《ひるがえ》してそれを避《よ》け、同時に蹴《け》りを放った。

再《ふたた》び観客が沸《わ》いた。

右脇腹《わきばら》にカウンターの一撃を食らい、生徒⑤は泡《あわ》を吹《ふ》いて崩れ落ちた。

早乙女の放った最後の技《わざ》は、完璧《かんぺき》な〈龍尾返し〉であった——

☆

「凡人《ぼんじん》のくせに柄《がら》にもない真似《まね》をした報《むく》いだな」

藤堂の冷ややかな言葉に、早乙女ははにかんだように頬《ほお》を歪《ゆが》めた。包帯と絆創膏《ばんそうこう》だらけの顔ではどんな表情を作っても同じに見える。

校長室に現《あらわ》れた早乙女はほぼ満身創痍《そうい》といっていい状態だった。特に右足首はギプスで固められ、右手には松葉杖《まつばづえ》を突いている。

「その恰好《かっこう》はともかく……君の勝利は価値《かち》あるものだ。おめでとうと言っておこう」

「子供《こども》に勝ったところで自慢《じまん》にはなりませんがね」

「そんな台詞《せりふ》が吐《は》けるのも勝ってこそだよ」

藤堂は預《あず》かっていた辞職願《じしょくねが》いの封筒《ふうとう》を取り出した。

「これはもう必要あるまい？」

「はあ。しかし……」

早乙女は少し言いよどんだが、すぐにはっきりと口に出した。

「やはり私は〈Kファイト〉を続けることには反対です。〈Kファイト〉には致命的《ちめい》な欠《けっ》陥《かん》があるからです。それは――」

「それは分かっている……分かっているんだよ。早乙女君」

藤堂はライターで封筒の端《はし》に火を着けると、灰皿《はいざら》に入れた。紅《あか》い炎《ほのお》の舌《した》が白い封筒をみるみる焦《こ》がしていく。

「現状〈Kファイト〉が草彅静馬という一人の天才の趣味《しゅみ》に左右されていることは確《たし》かだ。だが今はそれでいい。彼の起こすアクションにすべての生徒を巻《ま》き込《こ》み、個々の意志《いし》による選択《せんたく》と行動を促《うなが》すことこそが私の狙《ねら》いだ。これからの時代、自分の頭でものを考え、決断し行動できる人間でなければ生き残れない。これは一つの試練でもあるのだよ」

「試練というにはあまりにも……」

「演習というものは失敗してこそ有意義《ゆういぎ》なものだ。違《ちが》うかね？」

藤堂の言わんとしていることを、早乙女はおぼろげながら理解《りかい》していた。だがその考えはにわかには受け入れがたい、過激《かげき》なものだった。

「〈Kファイト〉は強者と弱者とを分けるシステムではない。より多くの敗者を生み出すためのものだ。そうなることを私は望んでいる」

藤堂の言葉を聞きながら、早乙女は燃《も》え尽《つ》きていく封筒を見つめていた。
〈Kファイト〉という名の嵐《あらし》はまだ吹き始めたばかりである――

第九話　仁義《じんぎ》なき学園

じんぎ【仁義】①仁は慈《いつく》しみの心、義は人道に従《したが》った正しい道のこと。儒教《じゅきょう》における道徳《どうとく》の根本。義理。②ヤクザ者同士の間で初対面の時に行われる特殊《とくしゅ》な挨拶《あいさつ》。「――を切る」。

一

『――さあ～、両者そろそろスタミナも限界《げんかい》のようですが……おおっ！　ムエタイ同好会代表、ここにきてラッシュだ～ッ！　体力の残りすべてを燃《も》やした最後のラッシュ！　決まるか!?　どうだ？　決まった～～～ッ!!』

放送部二年・藤島夏美《ふじしまなつみ》の実況《じっきょう》が校内に流れる。

「あのアナウンスもずいぶんと流暢《りゅうちょう》になったもんだな」

手拭《てぬぐ》いで額《ひたい》の汗《あせ》を拭いながら、獅子《しし》倉達哉《くらたつや》がつぶやいた。

旧《きゅう》道場の軒先《のきさき》である。剣道《けんどう》部員たちは稽古《けいこ》の合間の短い休憩《きゅうけい》時間をおのおの好きなように過《す》ごしている。

「そりゃあ上達もするでしょうよ。毎日毎日やってればね」

涼子《りようこ》は達哉の方を見もせずに気のない返事を返した。〈Kファイト〉の話題に付き合うこと自体が面倒《めんどう》くさいという口調だ。

草薙静馬《くさなぎしずま》対早乙女巌《さおとめいわお》の第一戦、続く早乙女対生徒五人による第二戦以後、校内でKファイトが行われない日はなかった。放課後ともなると校内のどこかでKファイトが始まり、夏美の実況放送が聞こえてくる——それが大門《だいもん》高校の新たな日常《にちじよう》となりつつあった。

すでに二十戦以上を数えるKファイトだが、その内容《ないよう》は今のところ校内に数多《あまた》ある格闘《かくとう》系《けい》同好会の潰《つぶ》し合いに終始している。校内異種《いしゆ》格闘技戦の予選を毎日やっているようなものだった。当然ながら生徒たちの注目度も静馬が関《かか》わった対戦ほど高くはない。

「ところで例のかぶき者はどうしてるんだ？　言い出しっぺのわりに最近はKファイトに出てこないようだが……」

「か、かぶきもの〜〜っ⁉」

涼子はキッと達哉をにらむと、猛然《もうぜん》と食ってかかった。

「あの野人を前田慶次郎利益《まえだけいじろうとします》や水野十郎左衛門《みずのじゆうろうざえもん》なんかと一緒《いつしよ》にしないでください！」

〈かぶき者〉とは〈傾奇者〉とも書く。異風の風体《ふうてい》や振《ふ》る舞《ま》いを好み、型破《かたやぶ》りで、およそ社会の枠《わく》に収《おさ》まりきらない人物のことを指す。涼子の挙げた二人は歴史上有名な傾奇者だった。

涼子の剣幕《けんまく》に達哉はたじろぎながら、

「喩《たと》えとしては間違《まちが》ってないと思うんだが……」

「そういう甘《あま》い考えがあのバヵを増長させるんです！」

「でも傾《かぶ》いてることは傾いてるだろ？」

「あんなのは傾いている内に入りません！　本能《ほんのう》のおもむくまま好き勝手にやってるだけです！　いわば天然です、天然!!」

思うがまま好き勝手に生きる——それこそがまさに〈傾奇者〉の本質《ほんしつ》なのだが、涼子はあくまで静馬を認《みと》めないらしい。

最近の校内の話題といえば何を置いてもまずはKファイトである。そしてKファイトを話題にするならその発案者である静馬について触《ふ》れないわけにはいかない。達哉は遠回しに表現《ひょうげん》したつもりだが、むしろ逆効果《ぎゃくこうか》であった。

実際《じっさい》、達哉が話題にしようとしたのは静馬のことではなかった。このところのKファイトは格闘系同好会の間での小競《こぜ》り合いであり、その中身は陣取《じんと》り合戦に他《ほか》ならなかった。敗北して部室や練習場所を失った同好会は当然リターンマッチを挑《いど》むのだが、それにも失敗すれば後は潔《いさぎよ》く解散《かいさん》するか、さもなくば落ち武者《むしゃ》よろしく校内を彷徨《さまよ》うことになる。

格闘系同好会の間の優劣《ゆうれつ》が明確になってきたいま、行き場のない格闘サークルくずれの連中が校内をうろついている姿《すがた》が目立ってきていた。達哉が懸念《けねん》しているのはそのことである。

こんな小競り合いがそう長く続くわけがない——達哉はそう踏《ふ》んでいた。最近のKファイトに静馬本人が参戦していないことも不安要素《ようそ》の一つである。

(厄介《やっかい》なことにならなきゃいいが……)

しかし、達哉の懸念は翌日《よくじつ》には現実のものとなった。

文化系サークルの部室が不法占拠《せんきょ》される、という事件《じけん》が起きたのである。

☆

「校長！　この事態《じたい》をどうされるおつもりですか⁉」

早乙女巌はデスクの上に身を乗り出して藤堂《とうどう》校長に詰《つ》め寄《よ》った。

校長室には早乙女教諭《きょうゆ》の他、当事者であるサークルの顧問《こもん》、生徒会役員、そしてKファイト実行委員会を代表して神矢大作《かみやだいさく》が顔を出している。

藤堂は椅子《いす》に背を預《あず》けたまま鷹揚《おうよう》に言った。

「早乙女君……まだ包帯が取れないのかね？　歳《とし》は取りたくないものだな。それとも何かね？　いつまでも怪我人《けがにん》のフリを続けて、新たな挑戦《ちょうせん》を避《さ》けようという魂胆《こんたん》ではあるまいな？」

「私のことなどどうでもよろしい！」

早乙女は包帯の巻《ま》かれた右手でデスクを叩《たた》いた。

「一言でいいんです！　一言、私に事態を収拾《しゅうしゅう》せよとおっしゃっていただければ、ただちに解決して御覧《ごらん》にいれます！」

藤堂は片手《かたて》を挙《あ》げて、興奮《こうふん》する早乙女を制《せい》した。

「神矢君、詳《くわ》しい状況《じょうきょう》について報告《ほうこく》してもらえるかね」

「分かりました」

大作は用意していた報告書を開いた。

「文化系サークル棟《とう》にある手芸部の部室が占拠されたのは今日の午後三時半頃《ごろ》のことです。犯人《はんにん》グループは総勢《そうぜい》五人。彼らは元はそれぞれ別の格闘系同好会に所属《しょぞく》していましたが、先のKファイトでの敗北により解散、その後に徒党《ととう》を組んだようです。五人いれば新たなサークルとして活動を始めることができますからね」

「ふむ……それで彼らの要求は？」

「新サークルとしての認可《にんか》と、占拠中の部室の独占的《どくせん》使用です」

「冗談《じょうだん》ではありません!」

大声を張り上げたのはやはり早乙女である。

「これを無法と言わずして何が無法ですか⁉ こんなことが許《ゆる》されていいはずがない!

非常識《ひじょうしき》にもほどがある!」

「もちろん交渉《こうしょう》はしたのだろうね?」

藤堂は早乙女を完全に無視《むし》して話を続けた。

「はい。生徒会役員が部室からの退去《たいきょ》を要求しましたが、彼らは『Kファイトで自分たちを負かせば出て行ってやる』の一点張りで応《おう》じようとしません」

「ほほう。それは面白《おもしろ》い」

「面白いわけがありますか!」

早乙女はマホガニーのデスクの上に乗りかかるような勢《いきお》いで藤堂に詰め寄った。

「校内の争い事を対等な勝負で決するのがKファイトの意義のはず! しかし今回のケースは違う! 彼らはKファイトを盾《たて》に不当な要求を強《し》いているにすぎない! これはKファイト実行委員会ではなく、明らかに生徒会執行部《しっこうぶ》と生徒指導《しどう》を担当《たんとう》する私の管轄《かんかつ》なのです!! 間違いない!」

「早乙女君、まあ落ち着きたまえ。私にも考えがある」

藤堂はようやく前に身を乗り出した。

「とっておきのアイデアなのだが……」

「そ、それは？」

「ここはひとつ……」

「ひとつ？」

「しばらく様子を見る——というのはどうだろうか？」

校長室に、時間の流れが止まったような静寂《せいじゃく》が訪《おとず》れた。

「……マジですか？」

沈黙《ちんもく》に耐《た》えかねた大作が口を開く。

「いかにも。私は大いにマジだよ。神矢君」

どこか自慢気《じまんげ》な口調で藤堂は断言《だんげん》した。

「どういうことですか……それは？」

もはや呆《あき》れ果てたのか、早乙女の言葉には覇気《はき》がない。藤堂はパイプに火を着け、紫《むらさき》色《いろ》の煙《けむり》をくゆらせた。

「現行のKファイト制度《せいど》の弊害《へいがい》がいずれ表面化するであろうことは私も予想していた。彼らの行動は確かに許されるべきものではない。校則云々《こうそくうんぬん》よりもまず仁義《じんぎ》にもとる行為《こうい》である。全校生徒はもとより彼ら自身も承知《しょうち》しているはずだ。この事態を学校側の力で処理《しょり》するのは簡単《かんたん》だが、それではあまりに芸がないというものだ。それに問題の根本的な解決にはならないと思うのだが、どうかね？」

「ですから、ここはいかに素速《すばや》く解決するかが重要ではないかと……私は何か間違《まちが》ったことを言っていますか？」

「いや、君の意見は正しい。波風を立てずにスマートに事態を収拾する……確かにそれは大切なことだ。だが、私はそこをあえて——あえて成り行きを見守ってみたいのだ」

「手を出さず静観すると？」

「そうだ。この際、この事件をＫファイトの意義について全校生徒が考える契機《けいき》としたい。そのためにはしばしの時間が必要だ。生徒たちの反応《はんのう》を見極《みきわ》めるための時間がな」

「………」

早乙女はデスクに両手をつき、意気消沈《しょうちん》したように首をうなだれた。そして両肩《りょうかた》を小刻《こきざ》みに震《ふる》わせると、喉《のど》の奥《おく》から低い笑い声を絞《しぼ》り出した。

「フ、フフ……校長……これは大変な事になりますよ。校内の秩序《ちつじょ》が崩壊《ほうかい》しかねない！　それだけのリスクを承知の上での決断なのでしょうな⁉」

「君がどうしてもと言うなら、早急な対応をしてもいいが——」

「だったらそうしましょう！　思いつきの世迷《よま》い言《ごと》で全校生徒を不安に陥《おとしい》れるわけにはいきませんからね」

「よろしい」

藤堂はうなずいた。

「では、君が行ってその五人を部室から速《すみ》やかに追い出してくれたまえ。Kファイトでな」

「……は？」

「彼らはKファイトには応じると言っているのだろう？　君が行って倒《たお》してきたまえ。簡《かん》単《たん》だろう？」

「これでまたひとつ早乙女先生の武勇伝《ぶゆうでん》が増《ふ》えちゃいますね。じゃあさっそく手配を……」

「待った！　ちょっと待った！」

早乙女は血相を変えて大作を制止した。この少年はすぐにでもKファイト委員会を招《しょう》集《しゅう》しかねない。

「なにもわざわざKファイトに応じるまでもないでしょう⁉　不正を働いてるのは奴《やつ》らの

方です！　一発ガツンとやれば……」

「一発も五発もたいして変わらんだろ。Kファイトなら彼らも納得《なつとく》するし、後腐《あとくさ》れもない。君の評判《ひょうばん》も上がる。いいことずくめじゃないのかね？」

「いやいやいやいやいやいや……」

「また君の勇姿《ゆうし》が見られるわけだ。楽しみだなあ」

「私は闘《たたか》いませんよ！　ほっ、ほら、怪我《けが》もまだ治ってませんし」

「怪我をしていても勝つ！　実にドラマチックじゃないかね。まさに教師《きょうし》の鑑《かがみ》だ」

「私を殺す気ですか⁉」

数分後——『ここはひとつ様子を見ましょう』と必死に訴《うった》える早乙女の姿があった。

二

どこからか聞こえてきた笛の音に、涼子は足を止めた。

リコーダーのものではない、柔《やわ》らかく伸《の》びのある音色。繊細《せんさい》なビブラートのかけ方は涼子の知っているどの管楽器の奏法《そうほう》とも異《こと》なっている。

（これは……口笛⁉　それにこの曲は——）

涼子は周囲を見回した。今日はとくに風が冷たいため、昼休みを屋上で過ごす生徒はいない。人が隠《かく》れられそうな場所といえば階段《かいだん》出口の上にある給水塔《きゅうすいとう》しかなかった。

口笛はまだ続いている。哀愁《あいしゅう》のあるそのメロディは涼子のよく知っているものだった。

この曲を完璧《かんぺき》に吹《ふ》けるということは相当な達人に違いない。

涼子は梯子《はしご》を登り、給水塔の上に顔を出した。そして口笛の主を確認《かくにん》すると、すぐに梯子を降《お》り始める。

「待たんかい！　慌《あわ》てて逃《に》げんでもええやんけ」

ガサツな関西弁《かんさいべん》で呼び止められ、涼子は苦虫を嚙《か》み潰《つぶ》したような顔で梯子を登った。

（チッ、『大岡越前《おおおかえちぜん》のテーマ』に誘《さそ》われたのが間違いだった……）

涼子は自分自身を罵《ののし》りながら、寝転《ねころ》がっている静馬の前に立った。それでも『慌てて逃げた』と言われる屈辱《くつじょく》よりは、この場所に留《とど》まる不愉快《ふゆかい》の方がまだましだった。

身体《からだ》を起こした静馬は、発達した犬歯を剝《む》いてニヤニヤ笑った。

「大作の言うた通りやな」

「何がよ？」

「この曲マスターしたら釣れるてな。放課後に披露《ひろう》しよ思て練習しとったんや」

（あのガキ……そのうちビービー泣かす！）

仏頂面《ぶっちょうづら》でそっぽを向きながら内心でそう決意する。大作のことを思い浮《う》かべたついでに、涼子は気になっていることを思い出した。

「ところであんた……どうするつもり?」

「何がいな?」

「何がって、文化系サークルが侵略を受けている問題に決まってるでしょ!」

手芸部の部室が不法占拠《せんきょ》された事件《じけん》から三日が経過《けいか》している。正確に言えば、最初の部室占拠事件から三日である。最初の事件が未解決のまま放置されたため、二日目にして早くもそれを模倣《もほう》する者たちが現れ、すでに四つの文化系サークルの部室が占拠されている状態である。被害《ひがい》に遭《あ》ったサークルの部員や顧問《こもん》の教師からも苦情《くじょう》が出ているが、校長側は静観を決め込んでいた。無責任《むせきにん》としか思えない処置であり、部外者である涼子にとっても腹《はら》に据《す》えかねる問題だった。

「奴《やつ》ら、Kファイトを盾《たて》に部室を乗っ取ってるのよ⁉」

「ふう〜ん……で、それがどないしたんや」

「こうなった責任の一端《いったん》はKファイトを発案したあんたにもあるのよ。あんたが解決するのが筋《すじ》ってもんじゃない」

「知らんがな。そんなもん」

静馬は面倒《めんどう》くさそうに言うと、再《ふたた》びゴロンと横になった。

「ワシに挑戦《ちょうせん》してくんのやったら別やけどな。雑魚《ざこ》にいちいち構《か》もてるほどヒマやないねん」

「見るからにヒマそうだけど？」

「関係ない言うとるんや。ほな何か？　トマトが赤いのはワシのせいか？　空が青いのもワシの責任か？」

「そういうことを言ってるんじゃないのよ！」

「おんなじやろが。ま、どうせしょーもない連中や。ワシの出る幕《まく》やあれへん」

「……………そう」

踵《きびす》を返すと、給水塔から梯子を使わずに屋上に飛び降りる。静馬の呼び止める声が聞こえたが、涼子は無視して階段を下りた。

☆

「涼子！」
放課後——竹刀袋《しないぶくろ》を肩《かた》に中庭を歩いていた涼子は、その呼びかけに振《ふ》り向いた。演劇部《えんげきぶ》部長の二年生・後藤史織《ごとうしおり》が駆《か》け寄《よ》ってくる。

「あんた歩くの早いから、追いつくのに苦労するわ」

「そんな大袈裟《おおげさ》な」

涼子は謙遜《けんそん》したが、背筋をピンと伸ばして颯爽《さっそう》と歩くその速さは小走りに近い。意識《いしき》して歩速を緩《ゆる》め、演劇部の部室に向かう途中《とちゅう》だという史織と肩を並《なら》べて歩く。

「ところで涼子、次の公演《こうえん》なんだけど……」

「またやるんですか？」

「伊福部《いふくべ》君がまたチャンバラをやりたいって言ってきかないのよ。『ミカヅキ』の続編《ぞくへん》か別の新作かはまだ未定なんだけど、涼子主演じゃないと書かないとかほざいてるわけ」

「はあ……」

伊福部に気に入られるのは不気味だったが、主演のオファーは正直悪い気はしなかった。前回の公演が静馬の乱入《らんにゅう》のおかげでハチャメチャな結果に終わったこともあり、再挑戦したいという気持ちもある。殺陣《たて》も演技もまだまだやり足りないと感じていた。

「たぶん来年の卒業公演に合わせることになるんじゃないかしら。すぐにってわけじゃないから、考えといて」

「はい」

ほどなくして二人は文化系《けい》サークル棟《とう》の前までやってきた。演劇部の部室に向かおうとするが、その前に妙《みょう》な人だかりができている。

「あっ、部長！　大変です！」

人だかりを作っていたのは演劇部員たちだった。皆一様《みないちよう》に困惑《こんわく》しきった顔で、史織のもとに集まり訴《うった》えた。

「部室が乗っ取られました！」

「何ですって⁉　どこの誰《だれ》に？」

「新生サバット研究会とかいう連中です。出ていくように言っても聞かなくて……」

「私が話すわ。ちょっとそこ開けて！」

史織が演劇部の部室のドアを叩《たた》いた。ほとんど間を置かずにドアが乱暴《らんぼう》に開き、青カビだらけのオニギリのような頭をした大男が顔を出した。

（――知能指数《ちのうしすう》ゼロの面《つら》ね）

いかにも低能かつ粗暴《そぼう》。弱い奴《やつ》を相手に図体《ずうたい》と強面《こわもて》で押《お》し切るタイプだと涼子はひと目で見抜《みぬ》いた。

「ここは演劇部《うち》の部室よ。部外者は出て行ってもらおうかしら」

他の部員とは違い、史織は気圧《けお》された様子を見せずにはっきり言った。

「うるっせえなァ。ここは今日から俺《おれ》らが使うんだよ」

オニギリ頭はろれつが回っていない感じの口ぶりで答える。

「出てってほしいならKファイトで勝負しろよ。それで俺らに勝ったら出て行ってやるよ」

完全に舐《な》めきった顔でそう言うと、黄色い歯ぐきを見せてニタニタ笑う。吐《は》き気を催《もよお》す醜《みにく》い面だった。

「上等だわ……そのケンカ、買った！」

オニギリ頭がキョトンとした顔になった。

史織と部員たちも驚《おどろ》いた顔で振り向く。

全員の視《し》線《せん》が一点に――涼子に集中した。

「あたしが勝負してやるわよ。勝ったらあんたら全員、土下座《どげざ》して出て行ってもらうわ」

「あ～……その、ちょっと待って……」

予想外の事態に、オニギリ頭が混乱《こんらん》した顔で部室の奥《おく》に引っ込んだ。部室を占拠した他の仲間と相談する声が聞こえてくる。やがて戻《もど》ってきたオニギリ頭が涼子に訊《き》いた。

「お前、演劇部の部員じゃないだろ」

「そうよ」

「じゃあダメだな。関係ねえから」

「はん、そうくるわけ」

涼子は鼻で笑うと、部室の外に向かって呼びかけた。

「神矢君！　神矢君はどこ？」

「は〜い！　ここにいま〜す！」

サークル棟の陰《かげ》から大作が飛び出してきた。飼《か》い主に呼《よ》ばれた小犬のように駆けてくる。

「お呼びですか、涼子さん⁉」

「隠《かく》れて見てたわね？」

「はい！　そりゃもう一部始終をバッチリ観察しておりました！」

初めて涼子の方から呼び出されたのがよほど嬉《うれ》しいのか、大作は興奮《こうふん》気味に答えた。本当に出てくると思っていなかった涼子は、内心で呆《あき》れながらも訊《たず》ねる。

「ちょっと確認《かくにん》したいことがあるんだけど——Kファイトに『他人のケンカを買ってはいけない』なんてルールはあるの？」

「そうですねえ……僕《ぼく》の記憶《きおく》する限り、そんなルールはありませんね」

「間違《まちが》いない？」

「はい。間違いありません」

「じゃあ、演劇部が売られたケンカをあたしが買っても問題はないわね？」

「ノー・プロブレムです！」

大作が太鼓判《たいこばん》を押《お》した。涼子は不敵《ふてき》な笑《え》みを浮《う》かべてオニギリ頭を見据《みす》えた。

「聞いた通りよ。ルール上、禁止《きんし》されていない限りKファイトは成立するわ。それを断《ことわ》るってんならあんたらの不戦敗ね。とっとと出て行ってもらうわ」

「うう……」

オニギリ頭が再び部室に引っ込んだ。模倣犯《もほうはん》である彼らにKファイトが成立した際の対《たい》処法《しょほう》マニュアルはない。戻ってきたオニギリ頭は明らかに動揺《どうよう》していた。

「俺たちは五人だ。そっちは一人でいいのか？」

「五対一でやっちゃいけないってルールはないわよ」

さらに一往復《おうふく》するオニギリ頭。

「け、Kファイトをやる場所と時間を指定しろって……」

「場所はここ、時間はいま、いまよ。勝負は武器《ぶき》使用《しよう》可《か》の自由格闘《かくとう》——それでいいわね⁉」

「う……お、おう」

完全に御用《ごよう》聞きと化したオニギリ頭が奥に引っ込む。史織が心配顔で訊ねた。

「いいの？　Kファイトには批判《ひはん》的な立場なんでしょ？」

「行きがかり上、やらないわけにはいかないでしょう。こうなったら、Kファイトがいかに無意味でバカげた遊びか教えてやりますよ。それより先輩《せんぱい》、ちょっと下がっててもらえますか？」

相談がまとまったらしく、ドアの向こうから勇ましいだみ声が聞こえてきた。

「……ったくよう、俺《おれ》らとやり合おうなんてバカな女もいたもんだな！　後で許《ゆる》してくださいっつっても遅《おせ》えからな！」

下卑《げび》た笑い声とともにドアが開く。先頭のオニギリ頭が部室から一歩、足を踏《ふ》み出した

その時――

パギッ！

硬《かた》い物が肉と骨《ほね》をブッ叩《たた》く、鈍《にぶ》い音が辺りに響《ひび》いた。

それは、涼子の振るった木刀がオニギリ頭の顔面を捉《とら》えた音だった。

それは、涼子にとっての〈Ｋファイト〉開始の合図だった。

三

潰《つぶ》れてひしゃげた鼻から、ピュッと赤い液体《えきたい》が漏《も》れる。

両の目がクルリと裏返《うらがえ》って白目になると、オニギリ頭の巨体《きょたい》は朽木《くちき》のごとく真後ろに倒《たお》れた。その顔面には斜《なな》めに轍《わだち》のような木刀の跡《あと》が残っている。

「なっ！　て、てめえ……卑怯《ひきょう》だぞ！」

新生サバット研究会の残る四人は、慌《あわ》てて部室の奥に逃《に》げ帰って抗議《こうぎ》した。

「卑怯？　あたしはKファイトの時間と場所をきっちり指定したわよ。いま、ここでやるってね。あたしの間合いにのこのこ入ってきたあんたらがマヌケなのよ」

木刀を肩《かた》に担《かつ》いだ涼子は、部室の正面約一メートル半の場所に仁王立《におうだ》ちで陣取《じんど》った。サバ研の四人は恐《おそ》るべき事態《じたい》に気付いた。部室の出入り口は一人ずつしか通れない。そして外に出た瞬間《しゅんかん》、木刀の餌食《えじき》になるのだ。

「これのどこがKファイトだよ!?」

「Kファイトは必ずリングの上で闘《たたか》う、なんてルールはないわよ」

「勝負は全員外へ出てからだろうが！」

「……分かったわよ」

涼子は部室の正面から退《ひ》き、部室内から見えない位置に移動《いどう》した。代わって大作が部室の中を覗《のぞ》き込《こ》む。

「失礼しました。もう出てきても大丈夫《だいじょうぶ》ですよ」

「本当だろうな？」

「ええ、そりゃもうバッチリ安全ですから」

サバ研の一人が入り口に倒《たお》れているオニギリ頭の身体《からだ》を跨《また》いで外に出た。

ゴスッ！

再び鈍い音が響き、二人目の男は身体をくの字に折った。

「おぐっ!?」

曲がった背中《せなか》にさらにもう一撃《いちげき》を受け、男は前のめりに倒れて顔面からコンクリートの床《ゆか》に突《つ》っ伏《ぷ》した。

「わ、罠《わな》じゃねえかよ！」

残る三人が転がるように部室奥に逃げ帰る。涼子は中からは死角になるドアの脇《わき》で待ち伏せていたのだ。大作が悪びれもせずに言う。

「すいませ〜ん。申し遅《おく》れましたが、僕は涼子さんの言いなりですから」

「遅えよ！」

「今度は本当に大丈夫《だいじょうぶ》ですから、お次の方、どうぞ！」

「お前、それウソだろ!?」

「やだなあ、信じてくださいよ。でないと僕、涼子さんに殺されるんで」

「やっぱりウソじゃねえか！」

すっかり人間不信に陥《おちい》ったサバ研の三人は、備品《びひん》の机《つくえ》や椅子《いす》を使ってバリケードを作り始めた。籠城《ろうじょう》の構《かま》えである。

「トチ狂《くる》って意味のないことを始めたわね」

「どうしましょう？　もう出てくる気配はありませんけど」

「いぶり出す手があればいいんだけど……」

「ないこともないですよ」

大作は手荷物の中からビニール袋《ぶくろ》を取り出し、涼子に中身を見せた。ピンポン球よりやや小さいサイズの黒い玉が十数個《こ》入っている。それは涼子の要請《ようせい》に一〇〇％応《こた》えられるアイテムだった。

「静馬さんに言われて用意したんですよ。こういう時に必要だろうって……使います？」

「こういう物は早く出しなさいよ！」

涼子は拳骨《げんこつ》で大作の頭を小突いた。

数十秒後――い、い、い、もうもうたる煙《けむり》に巻《ま》かれ、サバ研の三人は部室の窓《まど》から外へ転げ出た。

大作がライターで点火し、涼子が投げ込んだ煙幕玉《えんまくだま》のためである。自分たちで作ったバリケードが仇《あだ》となり、窓から脱出《だっしゅつ》する頃《ころ》には三人はすでに酸欠《さんけつ》に近い状態に陥っていた。

「Kファイトの続きといこうじゃない」

窓の外で待ち構えていた涼子は、容赦《ようしゃ》なく三人に襲《おそ》いかかった。三人は涼子に対抗《たいこう》するための武器として芝居《しばい》用の日本刀を持ち出していたが、それは涼子の闘志《とうし》に火を着ける役にしか立たなかった。一応抜《ぬ》き合わせはしたものの、刀身に銀紙を貼《は》っただけの竹光《たけみつ》は、木刀の一撃を受けるとあっさり折れた。

三人の間に飛び込んだ涼子は、竜巻《たつまき》のごとく木刀を振《ふ》るった。向こう脛《ずね》を強《したた》かに払《はら》い、手首を打ち、肩口《かたぐち》に切っ先を叩き込む。脇腹を打ち抜き、みぞおちに突きをくれる——

三人が膝《ひざ》から崩《くず》れ落ちるまでに二秒と要しなかった。

カメラクルーを引き連れた藤島夏美が現場に駆《か》けつけた時、すでに闘いは終わっていた。夏美が目にしたのは、横一列に並んで正座《せいざ》し、額《ひたい》を地面にこすりつけて土下座しているサバ研の変わり果てた姿《すがた》だった。

事態《じたい》がよく呑《の》み込《こ》めていない夏美は、近くにいた史織にマイクを向けた。

「あの〜……勝者の御剣《みつるぎ》さんはどちらへ？」

「涼子なら、不法占拠《せんきょ》されてる他の部室へ行ったわよ。ついでだから全員ぶちのめすって」

☆

「華々《はなばな》しいデビューだったようだな。間近で観戦できなくて残念だ」

Kファイトの報告書に目を通しながら、藤堂は愉快《ゆかい》そうに微笑《ほほえ》んだ。

「華々しいというか、血腥《ちなまぐさ》いというか……とにかく迫力《はくりょく》満点でしたけどね」

大作もニコニコ顔で答える。

「単純《たんじゅん》に喜んでいいものでしょうか……？」

渋《しぶ》い顔をしているのは早乙女一人だった。

「確《たし》かに解決はしましたよ。他《ほか》ならぬ生徒自身の手で。しかしこの結果は——」

「何か不服でもあるのかね？」

「怪我人《けがにん》が多すぎます！」

早乙女は渡《わた》された報告書の書面を手の甲《こう》で叩いた。

涼子と闘って無傷《むきず》だった者は一人もいない。全員が全治一週間から十日の打撲傷《だぼくしょう》である。入院を要する重傷者がいないのは奇跡的《きせきてき》といえた。

「私は対戦を見ましたが、死者が出なかったのが不思議なくらいです。あの御剣という生徒は、何と申しますか、その……加減《かげん》というものを知りませんな」

「そうかね？　私は実にいい塩梅《あんばい》だと思うがね」

藤堂は対戦の模様《もよう》をとらえた写真を眺《なが》めながら言った。写真には、相手の生徒の髪《かみ》の毛を摑《つか》んで引き寄せながら顔面に肘打《ひじう》ちを食《く》らわせる涼子の姿《すがた》が写っている。

涼子と対戦した男子生徒たちが最初に考える作戦は二つだった。涼子の木刀に対抗できる武器を使うこと、あるいは涼子から木刀を取り上げることである。

しかしこの二つの作戦はどちらも成功しなかった。

不法占拠《せんきょ》した部室が文化系《けい》サークルだったこともあり、木刀に対抗しようにも彼らの手元には適当《てきとう》な武器がなかったのだ。涼子が演劇部《えんげきぶ》を解放したその足ですぐに他の部室に向かったことで、情報《じょうほう》が伝わる前に奇襲《きしゅう》できたのもポイントだった。

もう一つの策《さく》を実行した連中の末路は最も悲惨《ひさん》なものになった。

一人が犠牲《ぎせい》になって木刀を摑み、涼子の手から取り上げる——そこまでは良かったが、問題はその後である。

「ところで神矢君。彼女はムエタイでもやっているのかね？」

「どうしてですか？」

「この肘の使い方など素人《しろうと》の技《わざ》とは思えないのだが……」

「人体で一番硬《かた》い部分だからだそうですよ。肘以外にも、写真には撮《と》り損《そこ》ねましたが掌底《しょうてい》も使ってますよ」

「掌底？　張り手や平手打ちとは違《ちが》うのかね？」

「相手の顔面を突き上げながら軽く曲げた指を目に突っ込むんです」

「南拳《なんけん》の虎爪《こそう》の型《かた》のようだな」

「中国拳法のことはよく知りませんが、とにかく涼子さんの闘い方には迷《まよ》いがないですね。顔か股間《こかん》、急所狙《ねら》いの一撃必殺です」

「ふむ、合理的だな。実にケンカ慣《な》れしている」

藤堂は撮影《さつえい》順に並べられた写真を目で追いながら感心したように頷《うなず》く。

後半の写真には、涼子が徒手空拳で男子生徒たちを圧倒《あっとう》する様子が活写されていた。

木刀を奪《うば》って油断《ゆだん》した男子たちは強烈《きょうれつ》な肘鉄砲《でっぽう》と股間への容赦《ようしゃ》ない蹴《け》り上げを食らって悶絶《もんぜつ》し、その後であらためて木刀による仕置きを受ける結果になった。

「彼らも素直《すなお》にやられていれば、余計《よけい》なダメージを受けることもなく、女子に素手でKOされるという屈辱《くつじょく》も受けずに済《す》んだろうにな」

「悲惨《ひさん》でしたね～」

大作が言葉とは裏腹《うらはら》に嬉《うれ》しそうに相槌《あいづち》をうつ。

「悪業にはそれ相応の報《むく》いがあるということを、彼らもこれで身を以《もっ》て学んだことだろう。

頭ではなく身体《からだ》で感じ理解する――それが重要なのだよ」

「それはそうでしょうが……これで本当に校内の治安が回復するとお考えですか？」

「そうは思わんね」

藤堂のにべもない言い方に、早乙女はアングリと口を開けた。

「そう簡単《かんたん》に何もかもが解決するわけがなかろう。甘《あま》い考えを持つのはやめたまえ。私の見立てでは、この事件《じけん》を機に事態はさらに次の段階《だんかい》へと進むはずだ。まあ見ていたまえ。まだまだ荒《あ》れるよ……この学校は」

「こ、校長……」

藤堂の浮《う》かべる不吉《ふきつ》な笑《え》みを見て、早乙女は思わず後ずさった。

四

一週間後――
藤堂校長が予測した通り、Kファイトをめぐる問題は沈静化《ちんせいか》するどころかますます混迷《こんめい》の度を深めていた。文化系サークルへの侵略《しんりゃく》こそ収《おさ》まったものの、毎日のように新たな格《かく》闘系《とうけい》サークルが生まれては消えていくという状勢《じょうせい》の中、Kファイトの現状は一般《いっぱん》の生徒からは見えにくくなっていた。Kファイト実行委員会は一つ一つの対戦における経緯《けいい》やその背景《はいけい》を事細かに取材して全校に伝えるという仕事を続けていたが、対戦が増《ふ》えるに従《したが》い処理が追いつかなくなっていたのだ。

多くの生徒が気付かない間に、Ｋファイトの規模《きぼ》は確実《かくじつ》に拡大《かくだい》しつつあった。

校内放送のスピーカーからＫファイトのアナウンスが流れている。その声を遠くに聞きながら、涼子は憂鬱《ゆううつ》そうに空を見上げ、ため息をついた。

「どうした御剣？　冴《さ》えない顔だな」

水飲み場に顔を洗《あら》いにきた達哉が声をかけた。

「何か考え事か？」

「ええ、まあ……そんなところです」

「珍《めずら》しいな。あれこれ悩《なや》むのは似合《にあ》わないと思うが」

「あたしもそう思います」

涼子はそう答えたが、嘘《うそ》だった。

現実には、涼子はよく思い悩む質《たち》である。確かに普段《ふだん》はおよそ何事に関しても即断即決《そくだんそっけつ》だが、後でその選択《せんたく》が正しかったかどうか確信が持てなくなることがよくある。頭の作りが単純《たんじゅん》にできていることは自分でも承知《しょうち》しているが、単純なだけに一度悩み始めると深みにはまってしまうのだ。今回もそのケースに近かった。

「この間のKファイトのことか?」

達哉の問いに、涼子は目を丸くした。

「どうして分かるんですか?」

「驚《おどろ》くなよ。試《ため》しに言ってみただけさ」

達哉は肩をすくめて笑った。その笑顔につられて涼子も頬《ほお》を弛《ゆる》める。柄《がら》にもなく、悩み事を打ち明けてみようかという気になった。

「あれでよかったのかな――って、今になって思うんです」

「よかったんじゃないか? 史織も感謝《かんしゃ》してたし。衣装《いしょう》とか備品《びひん》が煤《すす》だらけになったって文句《もんく》も言ってたが」

煙幕《えんまく》作戦の弊害《へいがい》である。涼子は不法占拠《せんきょ》された部室を解放はしたが、その点でだけは不評《ふひょう》を買っていた。

「そんなに単純に考えていいんですかね?」

「後悔《こうかい》してるのか?」

「そういうわけじゃないんですが……」

「部室占拠事件は誰《だれ》かが解決しなきゃならなかったわけだし、あれから同じような事件は起きてない。十分に意義《いぎ》はあったと思うが？」

「それはそうなんですが――」

「何が気に入らないんだ？　もしかして『助太刀屋《すけだちや》』のことか？」

涼子のKファイトの一件以来、当事者の代わりに対戦を請け負《う》う――つまり他人のケンカを買う者が現れた。それで小遣《こづか》いを稼《かせ》ぐのが『助太刀屋』である。引く手数多《あまた》の『助太刀屋』だが、Kファイト本来の意義からすれば異端《いたん》であり、現在の混乱を招《まね》いた原因《げんいん》の一つともいえる。

「前例を作れば当然それに倣《なら》う者も出てくるさ。これぱっかりはどうしようもない。気に病《や》んだって仕方ないだろ」

「はあ……」

煮《に》え切らない涼子の態度に、達哉は少し考えてから訊《き》いた。

「じゃあ、あらためて思い返してみろ。仮《かり》に演劇部が乗っ取られた時点まで時間を巻《ま》き戻《もど》したとして……『闘《たたか》わない』という選択肢《せんたくし》はあったか？　それとも今なら別の手を思いつくか？」

「それは――ないですね」

涼子は即答した。

「あの場面では闘うしかなかったと思います」

「だったら悩むことはない。結局、人間ってのは——こういう言い方もなんだが——その時その場面で『やる』か『やらない』かを選ぶことしかできないんだ。その選択が正しいと信じるなら結果なんか気にするな。どうせ物事なんてのはなるようにしかならん」

「そんな無責任な」

「傾くってのは、そういうことじゃないのか？」

「——!?」

達哉の言葉に、涼子は面食らって目を瞠《みは》った。

「打算とも報酬《ほうしゅう》とも関係なく、その瞬間《しゅんかん》において自分自身が唯一納得《ゆいいつなっとく》できる行動を選択し実行する……それが〈傾奇者《かぶきもの》〉の真骨頂《しんこっちょう》。だからこそ痛快《つうかい》なんだ」

達哉はにやりと笑って見せた。

「そして先駆《さきが》けの功名は最初の一人だけのもの。助太刀屋なんて粋《いき》がってみたところで所詮《しょせん》は猿真似《さるまね》の二番煎《せん》じだ。何も言わなくてたって、誰が本物のヒーローかってのはみんなが承知してることとさ。無駄《むだ》な心配なら〈しないことだ」

涼子は胸のもやもやが晴れていくのを感じた。涼子は深々と一礼する。

「あの……何だか吹《ふ》っ切れた気がします。ありがとうございました！」

達哉が去ってしばらくしてから、涼子はあることに気付いた。

（あれ？　無駄な心配するなってことは……つまり心配するだけ無駄ってこと？　もしかして……『バカはものを考えるな』ってことなのかな？）

解釈《かいしゃく》によってはそういう意味にも取れる。

「……もう少し賢《かしこ》くなりたいなあ」

口に出すと実に情《なさ》けないが、涼子にとっては切実な願いだった。

☆

部活を終えた後の下校中、涼子は音もなく脇《わき》を通り過《す》ぎた車に気付き、ふと足を止めた。

この辺りでは見かけたこともない黒いリムジンである。リムジンはまるで氷の上を滑《すべ》るような走りで涼子を追い越《こ》すと、一〇メートルほど先で停車した。運転手らしきスーツ姿《すがた》の男が降《お》り、後部座席《ざせき》のドアを開ける。

黄昏《たそがれ》の空の下、漆黒《しっこく》の鉄塊《てっかい》のようなリムジンから、純白《じゅんぱく》の花のような少女が降り立った。

花に見えたのは上下共に白いセーラー服のせいである。

膝下《ひざした》まである繊細《せんさい》なプリーツのスカートが花弁《かべん》を思わせた。

セーラーのデザインそのものはクラシックなものだが、襟《えり》や袖《そで》のラインは銀色で高級な印象である。近所では見かけない制服《せいふく》だった。

白いセーラー服の少女が、立ちすくんでいる涼子の方に近付いてきた。

（うわ……お人形さんみたい）

涼子は思わず息を呑《の》んだ。

人形は人形でも純和風である。抜《ぬ》けるような色白の肌《はだ》、墨《すみ》を流したような艶《つや》やかな黒髪《くろかみ》は腰《こし》の辺りまであり、その毛先は見事に切り揃《そろ》えられている。おかっぱをそのまま伸《の》ばした超《ちょう》ストレートロングであった。

容貌《ようぼう》もまるで作り物のように整っている。黒目がちでやや切れ長の目。繊細で大人しそうな印象は、美少女というより美人、美人というよりは佳人《かじん》といった方が当たっている。

「御剣涼子さん——ですね？」

外見に違《たが》わず言葉遣《ことばづか》いも上品だったが、驚くべきはその内容だった。

「ど、どうしてあたしの名前を？」

「あなたに興味《きょうみ》があって、少し調べさせていただきました」

「そういうあんたは……何者？」

いかにも毛並《けな》みの良さそうな美人を『あんた』呼ばわりするのは気が引けたが、適当な言葉が見つからないのでそのままにする。

名を問われた少女は深々と頭を下げた。

「失礼しました。わたくし、白鳳女学院《はくほう》二年生の霧林《きりばやし》あずみと申します」

白鳳女学院——総資産《そうしさん》五億円以上、最低でも年収三〇〇〇万円以上の裕福《ゆうふく》な家庭の女子にしか入学を許《ゆる》されないといわれる、私立《しりつ》のお嬢様《じょうさま》学校である。

そこに学ぶ女生徒は〈フェニックスの乙女《おとめ》達〉と呼ばれ、中流家庭で育った男子など相手にもされないため〈白女《はくじょ》の薄情女《はくじょうおんな》〉と揶揄《やゆ》されることもある——などという情報は後に神矢大作から知らされることになるのだが、この時の涼子の知るところではなかった。ただ名前を聞いて（あ～、なんか見たまんまって感じだわ）と思っただけである。

「初対面だと思うんだけど、どこかで会った？」

「いいえ、こうして直接《ちょくせつ》お目にかかるのは初めてですわ」

涼子は急に肩《かた》が凝《こ》る感じを覚えた。

「で、その……霧林のお嬢様があたしに何の用？」

「誠《まこと》に不躾《ぶしつけ》な申し出で恐縮《きょうしゅく》なのですが、ひとつお願いがあって参りました」

「だから、そのお願いって？」

せっつく涼子に、霧林あずみは一拍《ぱく》の間を置いて、言った。

「わたくしと……お手合わせ願えませんでしょうか」

涼子は小首を傾《かし》げた。よく聞き取れなかった。

「手合わせって聞こえたけど……？」

「その通りですわ」

「手合わせって言葉の意味、分かって言ってるのよね？　勝負するってことよ？」

「存《ぞん》じております」

「具体的に言ってもらわないと分からないんだけど……要するに何をしたいわけ？」

「武芸者としての試《ため》し合い……と言えば、お分かりになりますか？」

「――!?」

涼子はその時初めて、あずみが左手に細長いバッグのような物を携《たずさ》えていることに気付いた。太さ長さからして野球のバットを収《おさ》めるケースに似ている。

「試し合い、ねえ……で、時と場所は？」

「時はいま、場所はここ――」

あずみは細長いバッグのファスナーを開き、三つに折りたたまれた棒《ぼう》を取り出した。三節棍《さんせっこん》を思わせるその棒を接続部分でねじ込むと、全長一七〇センチほどの一本の棒になった。バッグに残っていた穂先《ほさき》を先端《せんたん》に取り付け、金具で固定する。これにより、あずみ自身の身長を優《ゆう》に超《こ》える二メートル以上という長さの薙刀《なぎなた》が完成した。

太刀《たち》のように湾曲《わんきょく》した穂先は木製《もくせい》で、刃《は》はついていない。組み立て式の練習用薙刀ということだろうが、木刀と同じく使い方によっては十分に凶器《きょうき》となりうる。

「霧林の家には代々薙刀の術《じゅつ》が伝えられております。わたくしも五歳《さい》の頃《ころ》より薙刀を習い、先頃皆伝《かいでん》を授《さず》かりました」

「それはまた結構《けっこう》なことだけど……それとあたしと、いったい何の関係があるわけ？　お嬢様に恨《うら》みを買った覚えはないけど？」

「いいえ。ただ現代に生きる一人の武芸者《ぶげいしゃ》として、あなたの腕前《うでまえ》を知りたいのです」

あずみは薙刀を一振《ふ》りし、切っ先を涼子の方に向けてピタリと構えた。時代劇で武術の心得のない女優《じょゆう》が演技《えんぎ》で振り回しているようなへっぴり腰《ごし》ではない。目つきも変わっている。みなぎる気迫《きはく》が伝わってくる。

「ただし……手合わせを拒《こば》んで逃《に》げたとしても、それはあなたの勝手です」

「――――!!」

涼子は同性《どうせい》とはケンカをしない主義《しゅぎ》である。女同士の争いは得てして醜《みにく》い泥仕合《どろじあい》になりがちだからだ。勝負は後腐《あとくさ》れなく白黒はっきり決まるものがいい。

「……骨《ほね》の一本や二本は覚悟《かくご》してるんでしょうね？」

「もとより承知《しょうち》の上」

「上等！」

涼子は竹刀袋《しないぶくろ》から木刀を引き抜いた。

あずみを見据《みす》えながら左方向へ足を運ぶ。地面が歩道の石畳《いしだたみ》から公園の芝生《しばふ》に変わる。あずみも同様に公園に移動した。歩道で靴《くつ》を脱《ぬ》いでいるが素足《すあし》ではなく、黒い足袋《たび》を穿《は》いている。用意のいいことだ。

涼子は荷物のリュックサックと竹刀袋を後ろに放《ほう》り、あずみと対峙《たいじ》した。

涼子には薙刀の戦法についての知識《ちしき》がない。刀身の形からして槍《やり》のように突《つ》く武器ではなく、主に斬《き》るための武器であろうと推測《すいそく》するのみである。

霧林あずみがいかなる経緯《いきさつ》で涼子の名を知るに至《いた》ったのか、いかなる事情で勝負を挑《いど》んでくるのか——そんな疑問《ぎもん》に心を奪《うば》われている時ではなかった。

「参ります」

あずみが滑《すべ》るような歩法で間合いを詰《つ》めてきた。真正面からまっすぐ斬り込んでくる。

涼子は左に体《たい》を躱《かわ》した。横薙ぎに軌道《きどう》を変えた薙刀を、後ろに下がってやり過ごす。右から左に走った刃《やいば》が、今度は下から逆袈裟《ぎゃくげさ》に跳《は》ね上がった。涼子はこれをさらに左に回り込むことで避《よ》けている。

（大振りした⁉）

好機と見た涼子は木刀の届《とど》く間合いに踏《ふ》み込《こ》んだ。しかし攻撃《こうげき》に移《うつ》る直前、反射《はんしゃ》的に地面を蹴《け》って後方に跳躍《ちょうやく》する。その足元を薙刀の石突《いしづ》きが空を裂《さ》いて通り過ぎた。

「跳《と》びましたか……よい勘《かん》をしていると感心します」

大振りしたと見えたのは誘《さそ》いだった。踏み込んだところへ石突きによる足払《ばら》いを合わせるのが狙《ねら》いだったのだ。最初の攻撃から足払いまでを含《ふく》めた連続攻撃の型なのだろう。

（間合いが遠い……このままじゃ届《とど》かない！）

涼子は舌《した》を巻《ま》いた。木刀のリーチでは長柄《ながえ》武器である薙刀とはまともに勝負できないことを早くも悟《さと》っていた。太刀打ちできないとはまさにこのことだった。

スポーツとしての薙刀の競技人口は大半が女性で占《し》められているが、剣道《けんどう》との異種試合では男性の有段者を圧倒《あっとう》する光景もよく見られるという。それだけリーチの差は埋《う》め難《がた》いということなのか。

あずみはさらに攻撃を仕掛《しか》けてきた。切り返しが恐《おそ》ろしく速く、石突きによる打撃も絡《から》めた連続攻撃にはつけいる隙《すき》がない。竜巻《たつまき》のごとき薙刀の遣《つか》い手だった。

（あの薙刀は組み立て式……ってことは、接続部分が弱点なのでは？）

後手《ごて》に回っていては勝ち目がないと判断《はんだん》した涼子は攻勢に転じた。狙《ねら》いはあずみ本人ではなく薙刀である。斬り結びながら、穂先の接続部分を集中的に叩《たた》く。しかしこの作戦はすぐに察知された。あずみは攻撃のパターンを変えて涼子の狙いを外しにかかる。

「チッ!」

涼子は近くに落ちていた竹刀袋を拾って投げつけた。中には竹刀が入っている。あずみがそれを薙刀で弾《はじ》き飛ばした隙をついて間合いに飛び込む。

ガキッ!

竹刀袋を下から上に弾き飛ばした薙刀が、そのまま真上から落ちてきた。それを涼子は水平に掲《かか》げた木刀で受ける。すぐに下から跳《は》ね上がってきた石突きが涼子の脇腹《わきばら》を打つ。思わず呻《うめ》いた涼子の真横から薙刀が襲《おそ》ってきた。それを木刀で受けながら身体《からだ》ごと回転して間合いの外に逃《のが》れる。

「野試合で鍛《きた》えた腕《うで》は確《たし》かなもののようですね。しかし小手先の思いつきで霧林流を破《やぶ》ることはできません」

涼子の木刀は今のところあずみの身体に触《ふ》れてもいなかった。切っ先が届く間合いまで踏み込めないのだ。

(とにかく届きさえすれば……当たれば勝つ!)

涼子は意を決した。半身に構えて腰《こし》を落とすと、ビリヤードのキューを打つような構えを取る。刺突《しとつ》の構えだった。涼子の身体全体が引き絞《しぼ》られた弓のように力を蓄《たくわ》える。

あずみは薙刀を下段《げだん》に構えた。正面から迎え撃《むかう》つもりである。

涼子は弾《はじ》かれたように跳躍《ちょうやく》した。木刀を持った左腕を伸《の》ばし、全身を一本の槍《やり》と化して突っ込んだ。

（——撃ち抜《ぬ》く！）

あずみの薙刀が下から上に弧《こ》を描《えが》いた。その穂先《ほさき》が一直線に迫《せま》る木刀を叩《たた》き、軌道《きどう》を逸《そ》らす。そして地面を踏む寸前の涼子の右足首を石突きが払った。

「うっ⁉」

バランスを失った涼子の身体は転倒《てんとう》した。仰向《あおむ》けになりながらも、追い討《う》ちの薙刀を辛《かろ》うじて木刀で受ける。そのまま地面を転がり、片膝立《かたひざだ》ちから後方に跳んだ。あずみに追撃を諦《あきら》めさせるほどの見事な体捌《たいさば》きだった。

（簡単に返された……いや、よく逃《に》げられたというべきか……）

涼子は喉《のど》の渇《かわ》きを覚えた。まともな攻撃ではあずみの防御《ぼうぎょ》を崩《くず》せない。突きは躱《かわ》され、間合いに踏み込んだ瞬間《しゅんかん》に足を刈《か》られる。

（距離《きょり》を詰《つ》めると同時に攻撃、ついでに足払いを躱すには——跳ぶしかない！）

涼子の脳裏《のうり》に一つの策《さく》が閃《ひらめ》いた。木刀を腰だめに刺突の要領《ようりょう》で構え、あずみに気取《けど》られないように逆手《さかて》に持ち替《か》える。

「──霧林流、破れたり！」

涼子は突進した。あずみの間合いに入った瞬間、足元の高さを薙刀《なぎなた》が薙《な》いだ。跳躍してそれを避けると、着地点を狙って石突きが走る。

ガッ！

乾《かわ》いた音が響《ひび》く──しかし、石突きが刈ったのは涼子の足ではなかった。涼子が跳躍しながら地面に突き立てた木刀であった。

ドスッ！

涼子の右足があずみの胸《むね》を蹴る。

体重の乗った蹴りの威力《いりょく》は充分《じゅうぶん》だった。あずみの身体は二メートル以上飛ばされ、仰向《あおむ》けに倒《たお》れた。

「くっ……」

咳《せ》き込みながら上体を起こそうとしたあずみの喉元《のどもと》に、木刀の切っ先が突きつけられる。

「勝負あったわね」

涼子は震《ふる》える声で言った。

木刀の先端《せんたん》から一〇センチ余《あま》りの部分が土で汚《よご》れていた。涼子は棒高跳びの要領で跳躍の距離を伸ばしたのだ。足払いを躱しながらの奇襲《きしゅう》であった。

あずみの顔には驚《おどろ》きと羞恥《しゅうち》、そして感歎《かんたん》するような複雑《ふくざつ》な表情が浮《う》かんでいた。すでに戦意は消えている。

涼子はあずみの手を離《はな》れて転がっていた薙刀を遠くに蹴《け》り飛ばし、木刀をあずみに向けたまま後じさった。十分に距離を取り、自分のリュックと竹刀袋《しないぶくろ》を拾うと、くるりと背《せ》を向けた。

「――御免《ごめん》！」

そう言い残して走り去る。あずみの呼び止める声が聞こえたが、振り切ってそのまま一〇〇メートル以上の距離を一気に駆《か》けた。

住宅街《じゅうたくがい》に入り、追ってくる気配がないことを確認《かくにん》したところで、涼子はコンクリートの塀《へい》に背を預《あず》けて喘《あえ》いだ。脇腹に刺《さ》すような痛《いた》みがあった。石突の一撃を食らった時のダメージである。本来ならあずみに問い質《ただ》したいことが山ほどあったのだが、今はそれどころではなかった。勝者としての体裁《ていさい》を保《たも》つ方が優先《ゆうせん》したのだ。

「カッコ……つけすぎたかな？」

息を荒《あら》らげ、額《ひたい》に噴《ふ》き出した脂汗《あぶらあせ》を手の甲《こう》で拭《ぬぐ》いながら、しかし、涼子の口元には会心の笑《え》みが浮《う》かんでいた。

第十話　放課後の用心棒《ようじんぼう》

こうてきしゅ【好敵手】試合や勝負事において、同じくらいの技量《ぎりょう》があり、競《きそ》い合うのによい相手。ライバル。

一

「白鳳《はくほう》女学院って、ご存じですか？」

涼子《りょうこ》は、テーブルの差し向かいに座《すわ》った獅子《しし》倉達哉《くらたつや》に尋《たず》ねた。

昼休みの食堂——涼子と達哉は二人だけで同席になったわけではない。涼子の隣《となり》には結《ゆう》城《き》ひとみが、達哉の隣には後藤《ごとう》史織《しおり》が並《なら》んで座っている。

今日の涼子の昼食は生卵《なまたまご》入りカレーライスとイカ天うどんにオニギリセットを加えた炭水化物たっぷりのフルコースだった。ひとみが日替《ひが》わりランチを食べ終わるよりも先に目の前の食器は空になり、涼子は食後のパック牛乳《ぎゅうにゅう》のストローをくわえている。

「ハクホウ？　聞いたことはあるが……何て書いたっけ？」

「白に鳳《おおとり》って書くのよ。確《たし》か、世田谷《せたがや》の方の有名なお嬢様《じょうさま》学校でしょ？」

史織の方が涼子の話に食い付いてきた。口ぶりからして詳《くわ》しい情報を持っているわけではなさそうだが、名前すら知らなかった涼子よりははるかにマシといえる。

「で、その学校がどうかした？」

「実は昨日の帰り、そこの生徒だと名乗る二年生に路上で試合を申し込まれまして——」

「試合って……何の？」

「簡単《かんたん》に言うと果たし合いですね。こっちは木刀、向こうは薙刀《なぎなた》で」

味噌汁《みそしる》の椀《わん》を口に運んでいたひとみがいきなりむせた。

「大丈夫《だいじょうぶ》？　鼻からネギが出てるわよ」

「そっ、それより果たし合いって……⁉」

涼子に背中《せなか》をさすられながら、ひとみが聞き返す。

「文字通りの果たし合いよ。お互《たが》い、得物に刃《は》は付いてなかったけど」

「問答無用で襲《おそ》ってきたわけ？」

史織が勢《いきお》い込《こ》んで訊《たず》ねた。答える涼子の口調は落ち着いている。

「いきなり目の前にリムジンで乗り付けて勝負しろってんですから、まあ強引《ごういん》っちゃあ強引でしたけど、態度《たいど》はいかにも育ちのいいお嬢様って感じでしたね」

「お嬢様って……相手は女だったのか？」

「だから最初に女学院って言ってるでしょ？　聞いてないの？」

的はずれな問いを史織に厳《きび》しく突《つ》っ込まれ、達哉は肩《かた》をすくめた。

「それで結果は？　勝ったんだろ？」

「ええ、まあ……危《あぶ》ないところでしたけど」

そう答えて涼子は脇腹《わきばら》を押《お》さえた。一日経《た》った今も鈍《にぶ》い痛《いた》みが残っている。

「お嬢様が果たし合いか……何の因果《いんが》でそんなことに？」

「それが分からないから訊《き》いたんですよ。白鳳女学院なんて聞いたこともないし、いきなり挑戦《ちょうせん》してきた霧隠《きりがくれ》……某《なにがし》だって、会うのも初めてだったし」

「──なにがしって、いつの時代やねん⁉」

背後《はいご》から聞こえてきた関西弁《べん》にギクリとして振《ふ》り返る。そこにいたのは神矢大作《かみやだいさく》だった。

「……とまあ、静馬《しずま》さんがいたらそう突っ込んでるとこですよ」

屈託《くったく》のない笑《え》みを浮《う》かべてそう言うと、大作はトレーを手に涼子の隣の席に座った。

大作の昼食は揚《あ》げ玉うどんだった。揚げ玉といっても天かすのことではなく、薩摩揚《さつまあ》げ&生卵という組み合わせをそのように呼んでいるのだ。

「そのお嬢様の件《けん》、よければ僕が調べてあげてもいいですよ」

大作は薩摩揚げをパクつきながら提案《ていあん》した。

「……ずいぶんと恩着《おんき》せがましい口ぶりだけど」

「そりゃあ、ここぞとばかりに恩を売ろうと思ってますからね。もちろん」

いけしゃあしゃあと答える大作に、涼子は急激《きゅうげき》に気力が萎《な》えていくのを感じた。

「情報料はタダじゃないってわけね？」

「ギブ・アンド・テイクは世の中の基本《きほん》ですから」

大作は右手の箸《はし》でうどんを口に運びながら、左手で上着のポケットから手帳を取り出して開いた。

「昨日の挑戦者《ちょうせんしゃ》の名前は霧林《きりばやし》あずみ。白鳳女学院二年生。茶道《さどう》部と華道《かどう》部、さらに弓道《きゅうどう》部の部長を兼任《けんにん》し、ハク女で最も人望を集めていると噂《うわさ》のスーパー才女です」

涼子は手帳を奪《うば》おうとしたが、大作は素早《すばや》く左手を引っ込めてそれを躱《かわ》した。空振りした右手のやり場に困《こま》った涼子は大作をにらみ、

「条件《じょうけん》を言いなさいよ」

「そうですねえ、僕を涼子さんの専属《せんぞく》カメラマンにしてもらうというのでどうですか？」

「写真ならいつも無断《むだん》で撮《と》ってるじゃない」

「隠《かく》し撮りだとアングルの関係でベストショットを狙《ねら》いにくいんですよね。かといって近寄るとムスッとした顔しか見せてくれないし」

「勝手に撮るからよ」

「僕みたいな人畜《じんちく》無害な小動物をどうしてそんなに邪険《じゃけん》にするのかなあ」

「いつでも人畜有害な野獣《やじゅう》とセットのくせに。それに、だいたい君は何であたしに付きまとうわけ？」

「やだなあ。そんなの、涼子さんのことが大好きだからに決まってるじゃないですか」

ザワ……

学食内に奇妙《きみょう》な緊張《きんちょう》感が走った。

大作の言葉に顔色を変えたのは主に一年生の女子である。

「そっ、そういうでまかせヌケヌケと……」

「心外だなあ。これ以上ないくらい正直な気持ちで言ってるのに」

耳まで真っ赤になっている涼子に対し、大作の方には照《て》れも恥《は》じらいもなかった。

「その面《つら》の皮の厚《あつ》さが信用ならないのよ！」

「意外と疑《うたぐ》り深いヒトですねえ」

「当然よ。だいたいあんた、あの赤ザルの腰巾着《こしぎんちゃく》でしょ？」

「そうですけど、それが何か？」

真っ向から聞き返されて、涼子は答えに窮《きゅう》した。草薙《くさなぎ》静馬が大作を使って自分に何か罠《わな》を仕掛《しか》けようとしている――などという想像《そうぞう》には現実味《げんじつみ》がなかった。赤ザルにそんな回りくどい手を使うほどの知能《ちのう》はないはずだ。

二の句《く》がつげないでいる涼子を尻目《しりめ》に、大作はつるつるとうどんをすすった。意外な早さで平らげると、トレーを手にスッと席を立つ。

「それじゃあ調べておきますから、期待して待っててください。その代わりモデルの件は了承《りょうしょう》してもらいますよ。将来的《しょうらい》には写真集にして出版《しゅっぱん》する予定もありますから」

「え？　何それ!?　ちょっと……コラ！」

涼子は慌《あわ》てて呼び止めたが、大作は気にも留《と》めずに学食を出て行った。鮮《あざ》やかな逃《に》げっぷりである。

「予約しとこうかしら。写真集」

まんざら冗談《じょうだん》でもない口調で言う史織を、涼子は不機嫌《ふきげん》そうに横目でにらんだ。

二

Kファイトによる校内の混乱《こんらん》は一時に比《くら》べて沈静化《ちんせいか》に向かうかに思われたが、『助太刀《すけだち》屋』の登場により新たな局面を迎《むか》えていた。

助太刀屋とは文字通りの助《すけ》っ人《と》――つまりはケンカ代理人である。

助太刀屋はおよそ二種類に大別され、Kファイトを仕掛けた側につけば『傭兵《ようへい》』、仕掛けられた側につけば『用心棒《ようじんぼう》』と呼ばれる。これはKファイトの内実が部室争奪戦《そうだつせん》に終始しているためで、攻《せ》める側と受ける側がはっきりしているからである。

助太刀屋の登場は戦力に不安のあるマイナー格闘系《かくとうけい》サークルや元から戦力を持たない文化系サークルからの要請《ようせい》が背景《はいけい》にあり、Kファイトの流れの上の必然といえた。

助太刀屋で小遣《こづか》いを稼《かせ》ぐ猛者《もさ》も現《あらわ》れる中、唯一人《ただひとり》、無報酬《むほうしゅう》で仕事を引き受ける用心棒がいた。

ミカヅキこと御剣《みつるぎ》涼子である。

涼子が用心棒を買って出るのはKファイト制度《せいど》を口実に愚《おろ》かな争いを起こす者たちに鉄《てっ》槌《つい》を下すという大義《たいぎ》名分があるためだが、そのためにとった『他人のケンカを買う』という行為《こうい》が助太刀屋の存在《そんざい》を正当化してしまう結果になっていた。

涼子の側からすれば助太刀屋は校内の混乱を助長するだけの無用の輩《やから》であり、対決することになれば当然叩《たた》きのめす心づもりでいた。

だが助太刀屋の方でも涼子が元祖《がんそ》だと認《みと》めており、涼子が用心棒として出てくることが予想される対戦は避《さ》けるのが常《つね》だった。勝っても負けてもその後の商売に差し障《さわ》りが出るからだ。

しかし、ついにその暗黙《あんもく》の了解《りょうかい》を破《やぶ》る助太刀屋が現れた。

霧林あずみとの辻《つじ》試合から三日後のことであった——


「——どういうことですか？」

涼子の率直《そっちょく》な問いに、敵方《てきがた》の『助太刀屋』はえらの張《は》った顎《あご》を撫《な》でながら答えた。

「どうもこうもねえだろ。見たまんまさ」

剣道部二年生の刈谷《かりや》は、さも当然というふうに真顔で言った。

二人が対峙《たいじ》しているのは文化系サークル棟《とう》の前——すでに何度目か分からない部室不法占拠《せんきょ》事件《じけん》の現場である。事件発生の報を聞いて駆《か》けつけた涼子の前に、剣道着姿《けんどうぎすがた》の刈谷が立ちはだかったのだ。

涼子の最初の問いは、刈谷が占拠した側とされた側、どちらの側の助太刀屋なのかを確《かく》認《にん》するためのものだった。あくまで念のためである。

「剣道部としては弱小サークルの小競《こぜ》り合いなんざどうでもいいが、ここんとこ財政難《ざいせいなん》でね。せっかくのKファイトだし、ちょっとばかし儲《もう》けさせてもらおうと思ってな」

刈谷は左手に下げていた竹刀《しない》を持ち上げ、切っ先を涼子の方に向けた。

不敗を誇《ほこ》る涼子に対抗《たいこう》するため、同じ剣道部の先輩《せんぱい》に助太刀を頼《たの》む――格闘サークル側がそう考えて刈谷を雇《やと》ったのか、金欠の刈谷の方から話を持ちかけたのか、それは分からない。しかし誰《だれ》もが思いつきそうなアイデアではあった。

「つーわけだ。御剣、ここは退《ひ》いてくれや」

「何の理由で？」

「先輩が頼んでんだろ」

「誰の頼みだろうと道理に合わないことには従《したが》えませんね」

涼子のにべもない返答に、刈谷の顔に朱《しゅ》がさした。竹刀の先を涼子の顔に突《つ》きつけるようにすると、ドスを利《き》かせた声で言う。

「ちょっとチヤホヤされてるからって、いい気になってんじゃねえぞ。そもそもタイマンで女が男に敵《かな》うわきゃねえんだよ」

うかつに口にしたその言葉が地獄《じごく》への片道切符《かたみちきっぷ》だということを、この時の刈谷は気付かなかった。

敏感《びんかん》に察知したのは遠巻きに見守っている野次馬《やじうま》の方である。

御剣涼子はチヤホヤされてなどいない。その苛烈《かれつ》な闘《たたか》いぶりに、誰もが恐《おそ》れおののいて手を出せないでいるのだ。

涼子のKファイトを一度でも見ていれば出てくるはずのない台詞《せりふ》である。実際《じっさい》、刈谷が見ていたのはKファイトの結果を知らせる掲示板《けいじばん》の写真付き記事だけだった。紙上で涼子がアイドル扱《あつか》いされているのは記事を書いているのが大作だからに他《ほか》ならない。

「俺は親切で言ってやってんだぞ？　女をやっつけても自慢《じまん》にゃならねーしよ。見逃《みのが》してやっから……」

「どっちで勝負します？」

涼子は竹刀袋《ぶくろ》の紐《ひも》を解《と》いて中に収《おさ》めている得物《えもの》を見せた。竹刀袋には木刀と竹刀が一本ずつ入っている。本来なら竹刀は部活用、木刀はケンカ用と用途《ようと》が決まっている。

刈谷はフンと鼻を鳴らして、

「どっちでも好きなのを使えばいいだろ」

「じゃあ竹刀で」

涼子は迷《まよ》わず竹刀を選ぶと、竹刀袋から抜《ぬ》いて鍔《つば》を付けた。

「木刀でもいいんだぜ？」

「それじゃ面白《おもしろ》くならないでしょう？」

涼子は不敵に微笑《ほほえ》むと、上唇《うわくちびる》を舌先《したさき》でペロリと舐《な》めた。

それは、食らい甲斐《がい》のある獲物《えもの》を目の前にした狼《おおかみ》の舌《した》なめずりであった。

『──さあ～、今日も早速《さっそく》始まりましたKファイト！　すでにお馴染《なじ》みとなった文化系サークル棟裏、通称《つうしょう》〈マイナー格闘サークルの墓場《はかば》〉前より中継《ちゅうけい》いたします！　実況《じっきょう》はわたくし放送部二年の藤島夏美《ふじしまなつみ》、そして本日のゲスト解説者は──ケンカ伝道師《でんどうし》にして現代に甦《よみがえ》った奇跡《きせき》の野人・草薙静馬《くさなぎしずま》さんにお越《こ》しいただいております。どうぞよろしく』

『誰がモンキーやねん!!』

『はいはい。適当なギャグを飛ばすのはほどほどにしていただくとして、今回のカードは初の助太刀屋同士の闘い！　しかも同じ剣道部員が激突《げきとつ》するという、まさに仁義《じんぎ》なき代理戦争の様相を呈《てい》しております。攻《せ》め手の雇われ傭兵《ようへい》は剣道部二年で副将《ふくしょう》の刈谷、対するは情《なさ》け無用の女用心棒《ようじんぼう》・御剣！　男と女のガチンコ勝負となるわけですが、どのような展開《てんかい》が予想されるでしょうか？』

『勝敗なんぞ始まる前から決まっとる。男前《オットコマエ》の方が勝つっ！』

『男前といいますと……？』

『アホ、見て分からんモンは聞いても分からんわい。それより問題は勝ち方や』

『私から見て気になるのは御剣の武器《ぶき》がいつもの木刀ではなく竹刀だという点ですが……

これは対戦相手の武器に合わせたということでしょうか？』

『ま、そういうこっちゃな。後で言い訳《わけ》できへんように対等にしとるっちゅうわけや』

『しかし同じ武器だと不利では――』

ぐわん！

『痛《いた》い！　人の頭を……』

『あかん、お前はな〜んも分かってへん！　しょうもないこと言うてんと黙《だま》って見とれ！』

『黙ってたら実況になんないでしょ⁉』

『んなもんどうでもええんじゃ！　オラ、さっさとゴング鳴らさんかい‼』

Ｋファイト開始のゴングが鳴った。

刈谷は竹刀を正眼《せいがん》に構《かま》えた。背筋《せすじ》を伸《の》ばし、左足を後ろに引いて両方の踵《かかと》を上げている。

対する涼子は軽く両足を左右に開き、膝《ひざ》の力を抜いて立っている。右手に持った竹刀は切っ先が右足の爪先《つまさき》にくっつきそうなほどの下段《げだん》に構えられ、左手は柄頭《つかがしら》に添《そ》えているだけだ。

涼子の服装《ふくそう》は部活用の剣道着《けんどうぎ》ではない。舞台《ぶたい》『月華《げっか》の用心棒』の前半で使用された黒っっぽい上衣《うわぎ》と袴《はかま》の衣裳《いしょう》である。もともとくたびれた風合いが出るように汚《よご》しがかけられているため、激《はげ》しい格闘《かくとう》をしても汚れが目立たない。足元は草履《ぞうり》というわけにもいかず、かといって運動靴《うんどうぐつ》では違和《いわ》感があるため実用重視で地下足袋《じかたび》を履《は》いている。

衣裳にせよ構えにせよ、当たり前の剣道そのものの刈谷と比べると異形といえた。

「何だ、その構えは？」

刈谷は半ば呆《あき》れた顔になり、構えを解いた。涼子は涼《すず》しい顔で答える。

「お構いなく。これは剣道じゃありませんから」

「おいおい、ふざけんなよ。芝居《しばい》じゃねえんだぜ？」

刈谷はギャラリーの中に達哉の姿《すがた》を認《みと》めて声を掛《か》けた。

「おい達哉、お前からも何とか言ってやれよ」

「そうだな……」

達哉は真面目《まじめ》くさった顔で少し考えると、涼子に言った。

「御剣、手加減《てかげん》してやれ」

「それはお断《ことわ》りします」

涼子は刈谷から目を離《はな》さずに即答《そくとう》した。

ギャラリーの間から失笑《しっしょう》まじりのどよめきが起こる。辺りに満ちていた緊張《きんちょう》感が一気にほぐれた。両者の実力差がどの程度《ていど》なのか、達哉の一言で知れたからだ。

「そいつは俺に言う台詞だろ？　冗談《じょうだん》キツイぜ」

刈谷は面白《おもしろ》くなさそうに眉《まゆ》をひそめた。涼子の方に顎《あご》をしゃくり、

「あり得ねえだろ、こんな構えはよ。俺が面を打つ方が速いってことぐらい……」

「御託《ごたく》はもう結構。さっさとかかってきたらどうです？」

「……後悔《こうかい》すんぞ？」

「へぇ〜、誰が？」

小馬鹿《こばか》にした涼子の物言いに、刈谷の顔は茹《ゆ》でダコのごとくみるみる赤く染《そ》まった。

『──おーおー、怒《おこ》っとる怒っとる。それにしても見れば見るほどブッ細工な顔やの〜。一秒ごとにどんどん不細工になっていっとるで』

静馬の言いたい放題のコメントが爆笑《ばくしょう》を誘《さそ》った。刈谷はいまいましげに歯がみしたが、静馬に突《つ》っかかっていくどころか実況席の方を見もしない。いくら雑《ざつ》な神経《しんけい》でも、この場にいる人間のほとんどが涼子の勝利を期待していることに気付いたようだった。

「うらあああっ！」

刈谷は竹刀《しない》を構えると、鋭《するど》い呼気とともに正面から打ち込んだ。

ズパァン！

爆竹《ばくちく》が破裂《はれつ》したような音が響《ひび》いた。

涼子の右横を駆《か》け抜《ぬ》けた刈谷は、つんのめるようにして地面に倒《たお》れ伏《ふ》した。刈谷の手を離れた竹刀は数メートル先まで飛んでいる。

涼子は立っていた位置からほとんど動いていない。傍目《はため》には刈谷が自分で勝手につまずいて転んだようにも見えた。

「拾うまで待ってあげますよ、先輩《せんぱい》」

涼子は下段に構えたままで言った。

身を起こした刈谷は舌打《したう》ちしながら袴についた埃《ほこり》を払い、竹刀を拾った。

正眼に構えるが、わずかに顔を歪《ゆが》めて右手を後ろ手に振る。籠手《こて》を着けていない前膊《ぜんはく》に幅《はば》数センチ、長さ二〇センチほどの紫色《むらさきいろ》の線がくっきりと浮《う》き出ていた。内出血による変色である。

刈谷は構え直すと再度、真っ向から打ち込んだ。

先ほどとまったく同じ音が響く。刈谷は竹刀を取り落として跪《ひざまず》いた。腕《うで》の打撲傷《だぼくしょう》は青黒く変わっている。

「ご希望なら防具《ぼうぐ》を着けてもいいですよ、先輩」

「うっせえ！」

一月も末だというのに脂汗《あぶらあせ》をびっしょりとかいている刈谷は、唾《つば》を飛ばしながら抗議《こうぎ》した。

「待ってカウンター取ってるだけじゃねえか！　卑怯《ひきよう》な手ェ使いやがって……そっちから攻《せ》めてこいよ!!」

「卑怯？　へぇ～、そういうことを言う？　いいですよ。こちらから先に仕《し》掛《か》けますから、思う存分《ぞんぶん》カウンターを取ってください」

涼子は今度は普通《ふつう》に竹刀を中段に構えた。刈谷が構えるのを待ってから攻撃《こうげき》を仕掛ける。

切っ先を上げて面打ちの気配を見せると、刈谷は反応《はんのう》して竹刀を上げて頭を防御《ぼうぎよ》した。

涼子はするすると踏《ふ》み込みながら身を沈《しず》め、前に出ている刈谷の右足の内腿《うちもも》を打った。

剣道では腰から下を攻撃してもポイントにならない。刈谷は涼子の変化に対応しなかったわけではないが、胴《どう》より下への攻撃は予想外であった。

涼子の打撃に手加減はない。打ち込みのエネルギーが十分に相手の身体《からだ》に浸透《しんとう》する打ち方をしている。内腿への一撃は激痛《げきつう》となって全身を駆けめぐり、刈谷の身体を怯《ひる》ませた。

パァン！

涼子の竹刀が刈谷の頭を打った。

刈谷が慌《あわ》てて頭上を防御すると、今度はがら空きの脇腹《わきばら》を打つ。激痛で刈谷の身体がくの字に曲がった。

続いて右手の籠手を叩《たた》く。竹刀の鍔《つば》の辺りを払《はら》うと、すでに右手の握力《あくりょく》がなくなり片手《かたて》持ちになっていた竹刀は簡単《かんたん》に吹《ふ》っ飛んでいった。

その後は涼子の打ち放題だった。刈谷の身体のどの部分でも自由自在に狙《ねら》って打ち込むことができた。頭を抱《かか》えている両手が痣《あざ》だらけになるまで打ち込んでから、涼子は不思議そうに訊《たず》ねる。

「どうしたんですか、先輩？　防御しているだけじゃ勝負になりませんよ。せっかくこちらから仕掛けているのに。カウンターを取るんじゃなかったんですか？」

「クッ……バ、バカ野郎《やろう》！　足を打つ奴《やつ》があるか！」

「あら、ご存じありませんでしたか？　何処《どこ》を打っても構わないんですよ。これは剣道じゃなくてケンカなんですから」

涼子が阿呆《あほう》にモノを教える口調で諭《さと》すと、刈谷は飛びつくようにして竹刀を拾い、猛然《もうぜん》と反撃に転じた。

剣道のルールに囚《とら》われなくていいと教わった刈谷は駄々《だだ》っ子のように竹刀を振り回した。もはや剣道の構えを捨《す》て、両手をくっつけた形で柄《つか》を握《にぎ》り、右へ左へ力任《ちからまか》せに竹刀を大振りする。涼子は竹刀を合わせることなく、滑《すべ》るような動きで易々《やすやす》と攻撃を躱《かわ》した。

刈谷は地面に膝《ひざ》をついて竹刀を水平に振るい、足元を狙《ねら》った。涼子はふわりと跳躍《ちょうやく》して竹刀を避《よ》け、そのまま刈谷の顔面に蹴《け》りを食らわせる。

「んがっ!!」

もんどり打って倒れた刈谷は、地下足袋の底の模様《もよう》がクッキリとついた顔を上げて、何か言いたげに口をパクパクさせた。

「足を使ったっていいんですよ？　これはケンカなんですから」

刈谷の顔に初めて怯《おび》えの色が走った。涼子は表情こそにこやかだが、その目がまったく笑っていないことに気付いたのだ。

『おやおや、二年生の刈谷、一方的にやられております！　口も態度《たいど》も図体《ずうたい》もでかいわりに弱いですねえ！　びっくりするほどの弱さ！　とんだ見かけ倒し野郎《やろう》です！』

『見かけ倒し？　ちゃうやろ。見るからに弱っちいチキン顔や。しかも完全に不細工をこじらせとる』

『顔にこだわりますねえ。ところで刈谷は対戦前に「女が男に勝てるわけがない」などと偉《えら》そうなことをほざいていたようですが、このまま負けた場合どうなるんでしょう？』

『そら、もちろん男は廃業《はいぎょう》やな。刈谷やのうてカマ谷に改名や』

ギャラリーが歓声《かんせい》を上げた。Kファイト発案者である静馬の言葉は絶対《ぜったい》だった。誰が音頭を取ったわけでもなく自然と「カマ谷」コールが巻き起こる。

刈谷は青ざめた。掛け値なしの実力が試《ため》されるKファイトの真の恐《おそ》ろしさは、自身が負け犬の立場になって初めて理《り》解《かい》できるものだった。

ここで涼子に勝てなければ、最初のKファイトで静馬に敗北して全校生徒の嘲《ちょう》笑《しょう》を買った早《さ》乙女《おとめ》巌《いわお》教諭《きょうゆ》の二の舞《まい》である。早乙女はその後に辛《かろ》うじて名《めい》誉《よ》を挽《ばん》回《かい》したが、みずから墓《ぼ》穴《けつ》を掘《ほ》った刈谷の場合は絶《ぜつ》望《ぼう》的といえた。

「休んでないで、さっさと立ったらいかがです？　それとももう終わりですか？　達者なのは口先だけなんですね。負けを認めて土《ど》下《げ》座《ざ》でもしてくれたら許《ゆる》してあげてもいいんですよ、先輩？」

侮《ぶ》蔑《べつ》に満ちた涼子の言葉に、刈谷の顔は醜《みにく》く歪《ゆが》んだ。

「うっ……うわああああっ!!」

刈谷は悲鳴のような叫《さけ》び声を上げて涼子に飛びかかった。一瞬《いっしゅん》、竹刀《しない》で攻撃しようとした涼子は躱すのが遅《おく》れ、タックルをもろに食って押《お》し倒された。

対戦はもはや竹刀の勝負ではなく素《す》手《で》の取っ組み合いになった。体《たい》格《かく》やパワーでは刈谷の方が圧《あっ》倒《とう》的に有利である。「カマ谷」コールが止まり、ギャラリーが息を呑《の》む。

しかし——取っ組み合いの結果、馬乗りになったのは涼子の方だった。

涼子はタックルを受けてすぐに竹刀を手放し、冷静に掴《つか》み合いの格闘《かくとう》に応じていた。ただ闇雲《やみくも》に掴みかかってくるだけの刈谷を捌《さば》くのは容易《ようい》だった。

ガッッ！

涼子の拳《こぶし》が刈谷の鼻先にヒットした。たちまち鼻がひしゃげて血が噴《ふ》き出す。

刈谷は両腕で顔面をガードするが、有利なポジションを得た涼子の攻撃を防《ふせ》ぎ切れるものではなかった。顔の正面を守ってもフックで耳を叩《たた》かれ、慌《あわ》てて耳を庇《かば》えばしたたかに鼻を殴《なぐ》られる。刈谷の顔面はたちまち腫《は》れあがり、静馬の言葉通り一秒ごとに不細工度合いが増《ま》していく。

「えひっ、ふぎいいいっ！」

断末魔《だんまつま》の豚《ぶた》のような泣き声を上げて、刈谷は涼子の攻撃から逃《のが》れようと身体《からだ》を裏返《うらがえ》して俯《うつぶ》せになった。本能《ほんのう》的な行動だが、その動きはむしろ涼子にとって好都合だった。涼子は背中から刈谷の喉元《のどもと》に両腕を回し、剣道着の上衣《うわぎ》の衿《えり》を掴んで絞《し》め技《わざ》を仕掛ける。

『お～っと、これは何だ？　絞めだ！　御剣、絞めに入っているぞ！　剣道にはない絞め技で刈谷を落とすつもりだ～‼　耐《た》えられるか刈谷⁉　このままでは「カマ谷」決定だ～！』

一度は途絶《とだ》えた「カマ谷」コールが復活《ふっかつ》した。刈谷は最後の力で涼子の絞め技を外そうとするが、竹刀で打たれすぎた両腕には力が残っていない。何より絞め技に対する鍛錬《たんれん》どころか知識《ちしき》すらない刈谷に抵抗《ていこう》する術《すべ》はなかった。

絞め技が入って十数秒——刈谷の目は裏返《うらがえ》って白目になり、頭がガクリと落ちた。頸動脈《けいどうみゃく》と気道を絞めつけられて失神したのだ。

「ったく……手間取らせんじゃないわよ」

そう吐《は》き捨ててから、涼子は刈谷を放して立ち上がった。

勝利を讃《たた》える歓声が上がったが、涼子自身には勝利の喜びはない。最初から分かり切っていた勝利である。しかも最後の取っ組み合いは予定にはなかった。格下の相手に勝つのに埃《ほこり》まみれになるのは美しくないと感じていた。

衣裳《いしょう》に付いた埃を払い落とそうとしたが、自分の手が刈谷の血で真っ赤に染まっているのに気付いてやめた。

横手から飛んできた手拭《てぬぐ》いを掴む。手拭いは水で湿《しめ》らせてあり、乾《かわ》きはじめた血を拭うのに都合がよかった。

達哉が投げてよこしたものと思った涼子は、しかし、すぐにその考えが間違《まちが》いだと気付いた。達哉がいるのは手拭いが飛んできたのとは逆方向だった。

あらためて濡《ぬ》れ手拭いを投げてよこした相手を探《さが》す。ギャラリーに紛《まぎ》れて立っている一人の生徒と目が合った。ロングストレートの黒髪《くろかみ》が美しい、清楚《せいそ》な感じの女生徒である。大門《だいもん》高校のセーラー服を着ているが親しい知り合いではない。

その女生徒は野次馬《やじうま》の中では少し浮《う》いた存在に見えた。はしゃぐ様子がなく落ち着いているからだ。涼子に向けられている目も何故《なぜ》か冷ややかで親しみには遠く、どこか挑戦《ちょうせん》的ですらある。

（誰だっけ？　どこかで会ったか……）

女生徒が肩《かた》に掛《か》けている細長いバッグを見た瞬間《しゅんかん》、涼子は電撃《でんげき》に打たれたようにビクッと身体を震《ふる》わせた。

霧林《きりばやし》あずみ——それが女生徒の名だった。

三

「いろいろありまして……結局、本人に来てもらっちゃいました」

得意満面の笑《え》みで報告《ほうこく》する大作を、涼子は醒《さ》めた目つきで一瞥《いちべつ》した。

御剣涼子と霧林あずみの会談の場所として選ばれたのは茶道《さどう》部の茶室であった。

ホスト役は当然のように大作が務《つと》め、話を聞いて傍聴《ぼうちょう》を希望した達哉と史織、そしてひとみが同席している。

涼子はシャワーで埃を落とし、セーラー服に着替《きが》えていた。両手には絆創膏《ばんそうこう》と包帯が巻かれている。グローブも着けずに思いきり殴ったせいで痛めたのだ。

「先日は失礼をばいたしました」

あずみは畳《たたみ》に三つ指をついて深々と一礼した。正座《せいざ》した居住《いず》まいは憎《にく》らしいほど落ち着いていて気品が感じられる。香水《こうすい》でもつけているのか、ほのかに花の匂《にお》いがした。

涼子が主人であずみは客であるはずなのに、立場が逆転しているような居心地《いごこち》の悪さがあった。およそ不慣《ふな》れな状況《じようきよう》に涼子の方が浮き足立ってしまっているのだ。

涼子はあずみの身なりを観察した。あずみが身に着けているのは初対面の時に着ていた白鳳女学院の制服《せいふく》ではなく、大門高校のそれである。二年生の学年章も付いている。唯一《ゆいいつ》違いがあるとすればスカートの丈《たけ》が長いところだが、違和感を感じるほどではない。

「それ、うちの制服ですよね？　どうやって用意を？」

「はーい、僕で～す！」

大作が元気よく手を挙げた。

「ハク女の制服だと目立ちすぎて大騒《おおさわ》ぎになりますからね。実際《じつさい》のＫファイトを観戦してもらうために調達したんですよ。ナイスアイデアでしょ？」

涼子は疑惑《ぎわく》に満ちた視線《しせん》を大作に向ける。

「ずいぶんと用意がいいわね……というか、用意がよすぎるわ。君がいくら有能でも、たった三日で本人を呼ぶところまで話を進められるとは思えないわね。どういうことか説明してもらおうかしら」

「しょうがないなあ……」

大作は苦笑《くしょう》すると、照れくさそうに頭を掻《か》きながら言った。

「三日前の涼子さんと霧林さんのストリートファイトなんですが……実は僕、見てました」

「なぬ⁉」

「これが証拠《しょうこ》です」

大作は持ってきた大きな封筒《ふうとう》の中から十数枚の写真を取り出した。涼子とあずみの対戦の一部始終を撮影《さつえい》したものである。暗すぎたりピンボケしたりと不鮮明《ふせんめい》な写真も多いが、対戦の終盤《しゅうばん》、勝負を決めた涼子の棒高跳《ぼうたかと》び蹴《げ》りの瞬間を見事に捉《とら》えている。

「光量が足りなくて苦労しましたが一応撮《いちおうと》ってはいたんですよね。フラッシュを使うと勝負の邪魔《じゃま》になるし。でもよく撮れてるでしょ？」

「油断《ゆだん》も隙《すき》もないな……」

写真を見た達哉が呆《あき》れたように言った。

「決着がついた後、涼子さんは走って行っちゃいましたけど、僕は今しかチャンスがないと思って霧林さんにインタビューを敢行《かんこう》しました。その時にいろいろと伺《うかが》ったわけですが──」

「つまり、翌日《よくじつ》あたしに話を持ちかけた時は、あんたはすでにあらかた情報を持ってたわけね?」

「別に騙《だま》したわけじゃないんですよ。ギブ・アンド・テイクだって言ったでしょう? 僕は霧林さんと取り引きをしたんですよ。霧林さんから情報をもらう代わりに、僕の方も涼子さんの情報を彼女に教える、ということで」

「そういうことを許可《きょか》した覚えはないけど」

「何かを得れば何かを失う──それがこの世の摂理《せつり》ですよ」

「急に深刻《しんこく》ぶった顔で言っても説得力がないのよ!」

涼子が邪険《じゃけん》に扱《あつか》っても大作の方にはまるで臆《おく》した色が見られない。霧林あずみについて知りたいことが山のようにあるのは事実で、本人を前にして問い質《ただ》せば最も効率《こうりつ》がよく誤《ご》解《かい》も生じにくいことは確かだった。いまいましいが大作の手柄《てがら》には違いない。

涼子はあらためてあずみに視線を戻《もど》した。二人のやりとりを黙《だま》って見ていたあずみは退《たい》屈《くつ》した様子もなく、微《かす》かな笑《え》みを浮《う》かべている。

「大作《こいつ》に何て言いくるめられたかは知らないけど、先にこちらの質問《しつもん》に答えてもらうわよ。いったいどんな理由があって、あたしに挑戦《ちょうせん》してきたの？」

「それは——ひと口には言いかねます」

あずみはわずかに目を伏《ふ》せた。

「何から話せばよいのでしょうか……先ほどのKファイトを目《ま》の当たりにして、私も少々気が動転しています。御剣さんは毎日あのような激しい試合をされているのですか？」

「質問してるのはこっちよ。まずは、あたしのことをどこで知ったのか……それから聞きたいわね」

「承知《しょうち》しました」

あずみは居住《いず》まいを正して話し始めた。

「最初は九月下旬《げじゅん》のことです。所用で池袋《いけぶくろ》に行った折りに、裏通りで四人の若《わか》い男を相手に木刀を振《ふ》るって闘《たたか》うあなたの姿《すがた》を見かけました。二度目は今月の初め、その時の相手は六人でした。そちらの方が人質に取られたところ、ボールペンを手裏剣《しゅりけん》代わりに使って窮《きゅう》地《ち》を脱《だっ》しましたね」

あずみの言う『そちらの方』とはひとみのことである。あずみが目撃した二度目のケンカは、涼子が初めて静馬と遭遇《そうぐう》した日の出来事に違《ちが》いなかった。

「それを目の当たりにして、私は衝撃《しょうげき》を受けました。現代にも真の武術を伝承し、それを実践《じっせん》されている方がいるのだと。それで私は身内の者にあなたの身辺を調査《ちょうさ》するよう頼《たの》みました。無名であっても古流の術を受け継《つ》いでいるのではと……」

「悪かったわね。ただの我流《がりゅう》で」

そう言いながら、涼子はあずみを前にして感じている居心地の悪さの正体に気付いた。

霧林あずみは霧林流薙刀《なぎなた》術を受け継いでいるが、涼子自身は本格的に何かの武術を学んだことはない。単なる時代劇《じだいげき》オタクであり、それっぽい技《わざ》を真似《まね》ているにすぎない。そして見様見真似でやるチャンバラはケンカとはまた別のものだとも思っている。

そんな自分が伝統《でんとう》ある武術の使い手に勝利したことは小気味よくはあるが、一方では自分のような未熟者《みじゅくもの》が勝ってしまって申し訳《わけ》ないという気持ちもあった。サムライ・コンプレックスとでもいうべき複雑《ふくざつ》な感情があずみに対する態度《たいど》を混乱《こんらん》させているのだ。

「謙遜《けんそん》されることはありません。武術とは闘って勝つための技術。流派の名など実際の闘いには無用のものです」

「誉《ほ》めたってなんにも出ないわよ。で、肝心《かんじん》の質問なんだけど、三日前の勝負にはどんな理由があったわけ？」

「有《あ》り体《てい》に言えば……『腕試《うでだめ》し』でしょうか」

「はぁ？」

涼子は呆《あき》れてアングリと口を開けた。清楚《せいそ》なお嬢様《じょうさま》の口から『腕試し』などという勇ましい単語が飛び出してくるとは予想していなかったからだ。

「腕試しって……あの、腕試し？」

「自分の実力がどの程度《ていど》か試して確かめることですよ」

「言葉の意味くらい知ってるわよ！」

涼子は横から耳打ちしてきた大作の頭を引っぱたいた。

「腕試しなんてする必要がどこにあるわけ？　練習相手なんて自分とこの道場にいくらでもいるんじゃないの？」

涼子の当然の問いに、あずみはしばし口をつぐんだ。

「身内の恥《はじ》を明かすことになるのですが……」

そう断ってから、あずみは驚《おどろ》くべき言葉を口にした。

「霧林流は、もはや実際に闘うことはできません」

「闘えない!?」

「表演用の見栄《みば》えのよい型《かた》や、本来の意味を失った儀礼《ぎれい》的な技が残っているだけの、見かけばかりで中身のない、いわば武術ふうの舞踊《ぶよう》と成り果てているのです。道場での稽古《けいこ》といっても、仕手と受け手が互《たが》いに申し合わせた馴《な》れ合いの型を演ずるだけ。実際に闘うための技術はとうの昔に失われています」

「じゃあ他の流派と交流すれば……」

「他の流派も程度の差こそあれ似《に》たようなものです。流派の代表者といわれるような方々でも、本当に闘える技術を持つ人は今やほとんどいません。武術を伝統芸能としか捉《とら》えていないからです」

「分かる話だな」

相槌《あいづち》を打ったのは達哉だった。

「剣道《けんどう》だって元は剣術だったんだろうが、今じゃ格闘技《かくとうぎ》かどうかも怪《あや》しい代物《しろもの》になってるからな。真剣での闘いを前提《ぜんてい》にした稽古ではなく、竹刀《しない》を打ち合う競技になってしまった。いわゆる『正しい剣道』をいくら修行《しゅぎょう》して強くなったところで、実際のケンカにはたいした役にも立ちゃあしない。今日のKファイトがいい例だな」

「私が感銘《かんめい》を受けたのもまさにその点です。御剣さんは剣道の型に無意味に縛《しば》られてはいない。先ほどのKファイトでも使っていた、足元への攻撃を跳《と》んで躱《かわ》しての蹴りは見事という他《ほか》ありません」

「ですよね～。せっかくだから何か名前をつけて必殺技にしましょうよ」

「あんたは黙《だま》ってなさい！」

涼子は一人だけ余計《よけい》なコメントを挟《はさ》む大作の頭を張《は》り飛ばした。大作の頭は位置といい形といい実に叩《たた》きやすくてしかもいい音がした。叩かれた本人も何故《なぜ》か嬉《うれ》しそうな顔になっている。

「私は霧林流がいつから舞踊に成り下がったのかを知るため、家の書庫に収《おさ》められている古い記録を調べました。江戸の末期までは名人と呼ばれる使い手がいたようですが、明治以後はまともに使える者が出ず、代々伝えられてきた稽古法も昭和に入ってから失われてしまったようです。亡《な》くなった私の曾祖父《そうそふ》がかつての技を復活させようと研究していましたが、戦争による負傷《ふしょう》で断念したと伝えられています」

「それは分かったけど、要するに結論《けつろん》は何なの？　何が望み？」

「私の当面の目的は、霧林流を再生することです。あるいは復元すると言った方が正確かもしれません。考古学者が化石を手掛《てが》かりに恐竜《きょうりゅう》の外見や生態《せいたい》を推測《すいそく》するように――」

あずみの口調が急に熱を帯びはじめた。頬《ほお》が紅潮《こうちょう》し、目が輝《かがや》いている。

「霧林流の技の多くはオリジナルの形のままで残されています。しかし基本《きほん》的な身体《からだ》の使い方や鍛錬《たんれん》法、個々の技の意味が失われたため、それらを総合《そうごう》的に扱《あつか》うことができなくなっているのです。武術の術たる真髄《しんずい》を解《と》き明かすことができれば、すべての技が体系《たいけい》的に統合《とうごう》され一つになると私は考えています。一人で型を練習するだけでは技の真の意味を知ることはできません。少々過激ですが近道となる方法が一つだけ——」

「それで腕試しってわけ⁉　過激にも程度ってもんがあるわよ！」

「武術は自分の身が危険《きけん》に晒《さら》された時にどう対処《たいしょ》するか——というところが出発点となっています。危機に直面してこそ技の意味に気付くことができるのではと考えたのです。リスクは背負いましたが、それだけの価値《かち》はありました。実際あなたとの勝負を通して、私は多くの新たな発見を得ることができましたから。それに今日のKファイトを目の当たりにして、私の身体の使い方はまだまだ堅苦《かたくる》しく、自由自在な動きにはほど遠いということにも気付かされました。これは大きな収穫《しゅうかく》です」

あずみはお嬢様らしからぬ饒舌《じょうぜつ》をふるう。聞けば聞くほど自分の中で疑念《ぎねん》が膨《ふく》らむのを感じ、涼子はそれをそのまま言葉にした。

「昔の武術の再生ってのは面白《おもしろ》そうだけど、何でまたそんなことに興味を持ったわけ？　お嬢様が入れ込むような趣味《しゅみ》じゃないと思うけど？」

「それは……もちろん、私が霧林家に生まれたからです」

少々はしゃぎすぎたと悟《さと》ったらしく、あずみは声のトーンを落とした。

「見た目だけ華《はな》やかで中身の伴《ともな》わない虚《うつ》ろさ——人にせよ物にせよ、形のあるなしに拘《かかわ》らず、私はそういったものが厭《いと》わしく感じます。自分の家系のルーツとなるものなら、なおさらですわ」

そう語るあずみの硬《かた》い表情を見て、涼子は口元をほころばせた。

（ふうん……いいじゃない）

みずからの美意識を基準《きじゅん》にして行動する人間を、涼子は好ましいと感じる。それを語る時に見せる恥《は》じらいも気高さと純粋《じゅんすい》さの現《あらわ》れだった。蔑《さげす》むべき相手との対戦でささくれた気分が嘘《うそ》のように癒《いや》されていくのが実感できた。

自分のことを語り終えたあずみは一息つくと、大作のいれた番茶で喉《のど》を潤《うるお》した。それからおもむろに口を開く。

「さて、私の話はこれで済《す》みました。次はあなたの番ですよ」

「あたしの方にはあえて語るほどの話なんてないけど……？」

「冗談《じょうだん》はやめてください。Kファイトのことです」

正面からズバリと言われて、涼子は露骨《ろこつ》に眉《まゆ》をひそめた。

「神矢さんから事前に説明は伺《うかが》いましたが、よもやあのような対戦が日常的に行われているとは信じられませんでした。実際に目にした今でさえ夢《ゆめ》か幻《まぼろし》かと思えるくらいです。この学校の有り様は尋常《じんじょう》ではありません」

「あらためて指摘《してき》されなくても分かってるわよ。この状況《じょうきょう》が狂ってるってことくらい」

Ｋファイトによる乱痴気騒《らんちきさわ》ぎは外部の人間には信じられない異常事態《いじょうじたい》だろう。涼子にとってはそれこそが身内の恥だった。

「御剣さんは用心棒《ようじんぼう》としてＫファイトに参戦しているそうですね。伺いますが、Ｋファイトが校内の治安を乱《みだ》している原因《げんいん》だと分かっていながら、それをＫファイトによって解決しようとするのは筋道《すじみち》が通らないのではありませんか？」

「――――!!」

あずみの言っていることは正論《せいろん》だった。しかし同時に部外者の言葉でもある。

「今日のような勝負を続けたところで事態が好転するとは思えません。それとも、Ｋファイトで闘《たたか》うことをあなた自身が楽しんでいるのですか？」

「楽しんじゃいないわよ。こっちだって正直ウンザリしてるんだから」

「だったら何故《なにゆえ》、無益《むえき》と知りつつＫファイトに身を投ずるのですか？」

率直《そっちょく》な問いを投げかけられた涼子は腕を組んで考え込んだ。

涼子が参戦したのは、単純《たんじゅん》に見て見ぬふりができなかっただけのことである。目先の事件を解決するという当座《とうざ》の目的があるだけで、それによってＫファイトの是非《ぜひ》を問うたり、校内の治安を回復するなどといった大きな目標があるわけではない。始めた動機はあるが、やめられない理由となるとすぐには思い当たらなかった。

たっぷり二分ほど考えて、涼子は腕組みを解《と》いた。

「理由なら……そうね。あたしが嫌《きら》いなのは、例えば歩きながらタバコを吸《す》う奴《やつ》」

茶室にいる全員が、涼子の言葉に驚《おどろ》いて耳をそばだてた。

「飲み過ぎて道端《みちばた》や駅の構内で戻してる奴、空き缶《かん》をゴミ箱に捨てない奴、歩道や階段に座《すわ》り込んで通行を邪魔《じゃま》する奴、ペットの犬のフンを自分で始末しない奴、自転車のサドルだけ盗《ぬす》む奴、電車のガラスを削《けず》って落書きする奴――要するに『バカ』って書いた札を首から下げて歩いてる奴ら全部よ。人間の愚《おろ》かさとか醜《みにく》さが垂《た》れ流しになってる様ってのが見てて我慢《がまん》ならないタチなの。Kファイトは人の心のタガを外して醜い本性《ほんしょう》を剝《む》き出しにさせるから大嫌《だいきら》いだけど、そうやってしゃしゃり出てきたバカどもを徹底的《てってい》にブチのめして死ぬほど後悔《こうかい》させてやるってのは――それはそれでスカッとするわね」

涼子の口元に浮《う》かんだ獰猛《どうもう》な笑《え》みを見て、あずみは何かを悟《さと》ったようだった。

「なるほど……あなたはKファイトそのものを否定《ひてい》してはいないのですね」

「最初から否定してるわよ。廃止《はいし》する方法がないだけで」

「……………」

あずみは涼子の反論《はんろん》には応《おう》じず、意を決したように席を立った。

「今日はこれにてお暇《いとま》させていただきます。楽しい時間を過ごさせていただき、ありがとうございました」

「こちらこそ。校門まで送るわ」

「それには及《およ》びません。ここでお別れしましょう。次にお会いする時は……」

あずみは言いかけた言葉を切った。腰《こし》を浮かせたままの涼子を見下ろし、不敵《ふてき》な笑みを浮かべる。

「この次の機会には、再《ふたた》びあなたの敵として相見《あいまみ》えることとなるでしょう。その日を楽しみにしていてください――御機嫌《ごきげん》よう」

静かな闘志《とうし》を秘《ひ》めた笑みを涼子の網膜《もうまく》に焼き付け、霧林あずみは茶室を後にした。

「ほら、あんたが呼《よ》んだんだから責任《せきにん》持って送ってきなさいよ」

そう言って大作を小突《こづ》いた直後、絹《きぬ》を裂《さ》くような悲鳴が聞こえてきた。あずみの声だった。

「何？　どうしたの!?」

茶室の外に飛び出した涼子は、血の気の引いた顔で廊下《ろうか》に立ちすくんでいるあずみを発見した。あずみの目の前には、奇跡《きせき》の野人こと草薙静馬が立っている。

静馬は物珍《ものめずら》しげな目つきであずみの顔から足元まで舐《な》めるように眺《なが》めると、犬のように

鼻を鳴らした。

「嗅《か》ぎ慣《な》れへんええニオイがすると思たら……お前やな？　何もんや？　さては、この高校の生徒やないな？」

恐《おそ》るべき野性の嗅覚《きゅうかく》そして洞察力《どうさつりょく》である。すでに校内において静馬を知らない人間がいないという現状、廊下《ろうか》で不意に出くわしただけで悲鳴を上げる女子生徒はいないだろうという推理《すいり》なら成り立つが、静馬の場合はおそらく一〇〇パーセントの勘《かん》だった。

「これはまずいわね。お嬢様《じょうさま》が野人のテリトリーに踏《ふ》み込《こ》んだみたいよ」

史織の言葉は状況《じょうきょう》を見事に言い当てていた。相手は極《きわ》めて野蛮《やばん》な常識外生命体である。無菌室《むきんしつ》で育てられたようなお嬢様がいきなり接近遭遇《せっきんそうぐう》していい相手ではない。現にあずみはヘビににらまれたカエルのように動けないでいる。

「涼子さん、これを！」

大作が差し出したのは——一本のバナナだった。

涼子はさすがに一瞬躊躇《いっしゅんちゅうちょ》したが、しかしすぐにその使い方を理解した。バナナを掴《つか》むと静馬から見える角度でヒラヒラと振《ふ》る。

静馬はバナナに気付いてチラリと目を向けるが、すぐにあずみの方に視線を戻《もど》した。

「あれがいくらアホでもバナナ一本じゃ……」

「そういう時こそひと工夫《くふう》ですよ。もっと興味《きょうみ》を惹《ひ》くように」

「工夫って⁉」

涼子は怪訝《けげん》に思いつつもバナナの皮を半分剝《む》いてみる。結果はてきめんだった。

静馬の目に落ち着きがなくなり、視線《しせん》が霧林あずみとバナナの間を往復《おうふく》しはじめる。涼子がバナナを大きく上下させると、静馬の首がそれにつられて動いた。

（――食いついた！）

静馬の食欲《しょくよく》が好奇心《こうきしん》を上回ったと見えた瞬間、涼子はバナナをあずみとは逆方向に投げた。静馬がバナナに飛びつくと同時に、あずみに向かって叫《さけ》ぶ。

「今のうちよ、早く逃《に》げて！」

それを聞いたあずみは金縛《かなしば》りが解けたように早足で立ち去った。急いでいても慌《あわ》てた様子が見られないのはさすがである。

「よかった……お嬢様を傷物《きずもの》にせずに済《す》んだわ」

「人をしつけの悪い犬みたいに言うな。何やねん、いったい？」

静馬は窓枠《まどわく》にチンパンジーよろしくぶら下がりながらバナナを頰張《ほおば》る。涼子はその姿を一瞥《いちべつ》しただけで背を向けて歩き出した。

「人がせっかく乗ったったたっちゅうのに、ツッコミなしで放《ほ》ったらかしか⁉　それが関東風の笑いか⁉　コラ、何とか言わんかい！」
静馬がしつこく呼びかけてきたが、涼子は完全無視を決め込んだ。せっかくのいい気分を台無しにしたくなかったからだった。

第十一話　ミサティーと野人同好会

しょくばい【触媒】それ自身は変化しないが、化学反応《はんのう》の際《さい》に仲立ちとなり、他の物質《ぶっしつ》の反応速度に影響《えいきょう》する働きをする物質《ぶっしつ》。

一

「――剣《けん》で薙刀《なぎなた》を相手にするには、どう闘《たたか》えばいいでしょうか？」

涼子《りょうこ》の唐突《とうとつ》な問いに、ヒゲダルマこと剣道部顧問《こもん》の弥永源太郎《やながげんたろう》は顔を強張《こわば》らせた。

「薙刀？　薙刀かあ……」

そう呟《つぶや》いた弥永は、手拭《てぬぐ》いで額《ひたい》の汗《あせ》を拭《ふ》きながらあらぬ方向に視線《しせん》を泳がせる。休憩時《きゅうけい》間に入り、大半の部員は道場の外へ出ている。

弥永は真剣そのものの涼子の顔を眩《まぶ》しそうに見やりながら答えた。

「槍《やり》と杖術《じょうじゅつ》ならやったことはあるが、残念ながら薙刀の経験《けいけん》はあまり……専門家《せんもんか》といってもうちの高校に薙刀部はないしなあ」

「槍と薙刀はやはり別物ですか？」

「長さから言えば槍と杖の中間だから、別物ってことはないだろう。基本《きほん》的な動きはそうは変わらないはずだが……いや、違《ちが》うか」

眉根《まゆね》を寄《よ》せる弥永に、涼子は勢《いきお》い込《こ》んで訊《たず》ねる。

「その違いとは？」

「柄《え》の形が違うんだ。槍や杖の柄の断面は円だが、薙刀は楕円《だえん》になっている。突《つ》いたり刺《さ》したりするより薙《な》ぎ斬《き》る使い方が基本の武器《ぶき》だからな……そうだ、思い出してきたぞ。確か基本的な構えが五種類あるんだ」

弥永は竹刀《しない》を持ってそれぞれの構えをして見せた。上中下段に八相、脇《わき》構えの五種類である。呼び名は剣道のそれと同じだが長柄武器なので構え方が多少異なっている。

「槍なんかと同じで薙刀は半身《はんみ》に構える。基本は左半身だが、逆《ぎゃく》の右半身に構える流派もあるし、臨機応変《りんきおうへん》に左右に構えを変えるのが実戦的だな。薙刀は槍や刀剣と並んで古くから使われてきた武器だが、鉄砲《てっぽう》が入ってきて戦場の様相が変わってからは出番がなくなって、時代劇なんかでよくあるように主に女性《じょせい》がたしなむ武術《ぶじゅつ》として伝えられてきた。薙刀の流派はいろいろあるが、基本的に刀を持った敵《てき》と闘うことを目的に発展《はってん》してきた武術だ。

リーチの差だけを取っても剣の方が不利だな。薙刀には脛《すね》を払《はら》う技《わざ》もあるし――」

「その程度のことなら教えていただくまでもなく知ってます」

醒《さ》めた口調で言われて、弥永は困惑《こんわく》顔になった。

「いったい何を知りたいんだ？」

「最初に申しました通り、剣を以《もっ》て薙刀に対抗《たいこう》する方法です」

「なんでそんなことに興味《きょうみ》を持ったんだ？」

「近々闘うことになりそうなので、その対策をと」

「マジでか？」

「本当なんですよ」

二人のやり取りを見ていた獅子倉達哉《ししくらたつや》が顧問《こもん》に説明した。家伝の古武術《こぶじゅつ》の再生《さいせい》を目論《もくろ》む薙刀使いのお嬢様《じょうさま》が、涼子をライバルと定めて挑戦《ちょうせん》してきていることを。

「なんつーか、まるっきり昔のマンガだな。Ｋファイトだけでも十分時代錯誤《アナクロ》だってのに」

弥永は呆《あき》れたように言うと、もみあげまでつながった濃《こ》い顎髭《あごひげ》を撫《な》でた。

「しかし……白鳳《はくほう》女学院とか言ったな？　確か菱沼《ひしぬま》先生がそこのＯＧじゃなかったかな……それに、もしかすると薙刀くらいやってたかも知れんぞ」

「そうですか。じゃあ訊《き》いてみます」

言うなり涼子は立ち上がって道場の出口に向かう。

「おいおい、今行くのか⁉」

涼子の後を追おうとする達哉の肩《かた》を、弥永の手がガッシと摑《つか》んだ。

「主将《しゅしょう》が途中《とちゅう》でフケるのはなしな」

「……はい」

達哉は名残惜《なごりお》しそうに涼子の背中《せなか》を見送った。

☆

「失礼します！」

ノックもそこそこに、涼子は保健室《ほけんしつ》のドアを開けた。

室内には二人の人物がいた。校医の菱沼奈々子《ななこ》と、音楽教諭《きょうゆ》のミサティーこと青木美沙《あおきみさ》緒《お》である。デスクにティーカップとドーナツが載《の》っているところを見るとおやつの最中らしい。竹刀《しない》を片手《かたて》に入ってきた涼子に美沙緒はひどく驚《おどろ》いた様子で、ビクッと肩を震《ふる》わせた。

「いらっしゃ～い、あら～涼子ちゃんじゃな～い。一緒《いっしょ》にドーナツ食べな～い？」

「けっこうです」

奈々子の間延《まの》びした口調にイラッとしながら涼子は答えた。

「お伺《うかが》いしたいことがあります。菱沼先生は薙刀《なぎなた》の経験《けいけん》がおありですか？」

急な質問に奈々子は不意を突かれた顔になったが、すぐににっこり微笑《ほほえ》んで言った。

「もしあったとしたら、どうだって言うの〜？」

「よければ稽古《けいこ》をつけていただきたいのですが」

「あら涼子ちゃん、剣道から薙刀に転向するの〜？」

「いいえ、薙刀と闘う時の対処法を研究したいので――」

涼子は霧林《きりばやし》あずみとの因縁《いんねん》について話した。興味《きょうみ》をそそられた奈々子は辻《つじ》試合の経緯《けいい》について詳《くわ》しく訊《たず》ね、涼子が勝利したくだりのところで笑い出した。

「ふう〜ん、最後は棒高跳《ぼうたかと》び蹴《げ》りでね〜……それは相手も驚《おどろ》いたでしょうね〜。でも、次に闘う時にはきっとその手は通用しないわね〜」

「それは分かってます。ですから薙刀の闘い方を基本から知っておく必要があるんです。協力していただけますか？」

「ちょっと待って！」

涼子の話を唖然《あぜん》としたまま聞いていた美沙緒が初めて口を開いた。

「女の子同士で果たし合いなんて……教師《きょうし》なら止める方が先でしょ⁉」

「じゃあ止めれば～？」

奈々子に他人事《ひとごと》のようにそう返されて、美沙緒は二の句《く》がつげなかった。

Kファイトにおいてはいかなる正論《せいろん》も無力である。勝利こそが唯一絶対《ゆいいつぜったい》の正義《せいぎ》の証《あかし》であり、勝者の語る言葉こそが真理となる。言葉の上での正しさには何の意味もなかった。

奈々子はやたらガラクタばかり詰《つ》め込《こ》まれているロッカーを探《さぐ》り、その奥《おく》から埃《ほこり》にまみれた細長いバッグを引っ張り出した。

バッグの中から出てきたのは三分割《ぶんかつ》された樫《かし》の薙刀である。柄《え》の両端《りょうたん》に切っ先と石突きを繋《つな》ぎ、鉄の環《わ》で固定すると、全長二メートルを超《こ》える長柄武器《ポールウエポン》が完成した。相当に使い込まれた物らしく、柄の部分は変色して黒光りしている。もちろん刃《は》の付いていない練習用の品だ。

「は～い、ミサッチ」

目の前に差し出された薙刀を、美沙緒は訳も分からぬまま受け取った。初めて手にした薙刀は思ったよりもずっと軽く、バランスがいいのかしっくりと手に馴染《なじ》む感触《かんしょく》があった。

「意外と軽いのね……って、私に渡《わた》してどうするのよ？」

「ミサッチ、ファイト！」

まるっきり屈託《くったく》のない奈々子の言葉に、美沙緒は冷凍《れいとう》マグロのごとく硬直《こうちょく》した。

中庭を通りかかった大作《だいさく》は、意外な光景を目《ま》の当たりにして目を輝《かがや》かせた。

「Kファイトですか⁉」

「違《ちが》います！」

美沙緒は力いっぱい否定《ひてい》した。

しかし大作にそう突っ込まれても仕方のないシチュエーションではあった。スーツに不《ふ》釣《つ》り合いな薙刀を手に涼子と向かい合っているのだ。

美沙緒には薙刀の心得どころか武道の経験すらない。対する涼子も、相手が美沙緒では話にならないことは分かっていた。

「あたしは稽古をつけてもらいたくて来たんですけど……」

「分かってるわよ～。だからミサッチが相手するの」

「できない、できない」

美沙緒はブルブルと首を横に振《ふ》ったが、奈々子は無視して涼子に言った。

「薙刀と剣の大きな違いはまずリーチの差、切っ先と石突きの両方で攻撃《こうげき》できること、それに柄の部分での防御《ぼうぎょ》なのよ。分かる～？」

「一度闘《たたか》えばそれくらいのことは分かります。それよりどうして青木先生が稽古の相手なんですか？　いくら武器が長くたってあたしの方が強いと思いますけど」

「そりゃそうよ〜。誰《だれ》も対戦しろなんて言ってないわよ〜」

奈々子は美沙緒の肩《かた》をポンと叩《たた》き、

「涼子ちゃんは薙刀の攻撃《こうげき》を受けるだけ〜。自分から仕掛《しか》けたり反撃したりしないで、受けることだけに専念《せんねん》するのよ〜。いいわね〜？」

自分が打たれる心配がないと知って、美沙緒は安堵《あんど》の表情《ひょうじょう》を浮《う》かべた。

「それじゃ〜ミサッチ、八相の構《かま》えから打ち込んで〜」

「は……はっ、い、そうって？」

「………」

奈々子に醒《さ》めた目つきでにらみ返されて、美沙緒は再《ふたた》び不安げな顔に戻《もど》った。

その不安は的中し、結局美沙緒は十数分にわたって奈々子から薙刀の基本をレクチャーされ、一通りの攻撃の型を覚えさせられた。

「あらためて始めるわよ〜。ミサッチが攻撃するから涼子ちゃんはそれを受けてね〜」

「分かりましたから、とっとと始めてください」

待ちくたびれた涼子は投げやり気味に言って、竹刀《しない》を構える。

奈々子の指示《しじ》で美沙緒が上段から打ち込んでくる。遠慮《えんりょ》しているのか問合いが遠く、切っ先は涼子の頭上まで届《とど》いていない。涼子はその打ち込みを竹刀で軽く払《はら》った。それだけで美沙緒の身体《からだ》はふらついた。

「そんな及《およ》び腰《ごし》じゃダメよミサッチ〜！　あと一歩踏《ふ》み込んで〜」

「でも〜……」

「あたしは大丈夫《だいじょうぶ》ですから、思い切って打ってきてください」

涼子からもそう頼《たの》まれ、美沙緒は再び打ち込んだ。今度は涼子の身体《からだ》に届《とど》く攻撃になり、涼子は竹刀を頭上に持ち上げてそれを受けた。

美沙緒は奈々子の指導《しどう》に従《したが》い、面・胴《どう》・籠手《こて》・脛《すね》への打ち込み、それらを左右に構えを変えたものに突《つ》きを加えた九種類の基本的な攻撃を繰《く》り返した。涼子はそれらを余裕《よゆう》で受ける。ど素人《しろうと》である美沙緒の攻撃は動作そのものがスローなので見てから反応できる。簡単すぎて退屈《たいくつ》な作業だった。

数セットの打ち込みの後、奈々子はいったん稽古を止め、美沙緒に何事かを耳打ちした。ほどなくして稽古は再開《さいかい》された。美沙緒が上段から打ち込んでくる。

（ったく、いつまでこんな事を――）

涼子は竹刀の切っ先を上げて面打ちを受ける。

ガッッ！

直後、右の脛に激痛《げきつう》が走り、涼子は思わず飛び退《の》いた。

石突《いしづ》きの一撃だった。面打ちはフェイントで、脛への攻撃が本命だったのだ。薙刀《なぎなた》の動きは見ていたはずだが、予想外の動きだったため反応できずに食らってしまっていた。しかも打たれた場所が弁慶《べんけい》の泣き所だけにかなり痛い。

「だ、だ、大丈夫《だいじょうぶ》⁉ 御剣《みつるぎ》さん」

心配する美沙緒を、涼子は反射的《はんしゃ》にキッとにらみつけた。痛みよりも、油断《ゆだん》から素人の攻撃を食らってしまったことによる屈辱《くつじょく》感が大きい。

「あっ、あの……まさか当たるとは思わなかったから……」

涼子の怒《いか》りに満ちた視線に怯《おび》え、美沙緒はオロオロして後ずさる。

「は～い、続けて～」

奈々子の無情な指示が飛んだ。

「こいつは……何がどうなってるんだ？」

様子を見にやってきた達哉は思わず大作に訊《たず》ねた。

音楽教師《きょうし》の青木美沙緒が薙刀を振り回しているだけでも十分おかしいが、その美沙緒が一方的に涼子を攻撃しているように見えるため、なおさら異様《いよう》な光景に映《うつ》った。

大作から事情を聞いても、達哉の怪訝《けげん》な表情は変わらなかった。

「しかし……いったいどういう訳でこうなったんだ？」

当然の疑問《ぎもん》である。大作もどう答えたものかと首を傾《かし》げた。

カンッ！

下から跳《は》ね上がった石突きが涼子の手首を打ち、竹刀が飛ばされた。

「くっ……！」

涼子は痛みに眉《まゆ》をひそめながら竹刀を拾う。奈々子が再び美沙緒に耳打ちした。

「さあ〜ミサッチ〜次のコンビネーションよ〜。今度は三段攻撃に挑戦《ちょうせん》よ〜」

「もうやだ〜！　だって絶対怒《ぜったいおこ》ってるもん」

美沙緒は涙目《なみだめ》で訴《うった》えたが、奈々子は気に留《と》める様子もなく気楽に言った。

「だぁ〜いじょ〜ぶよ〜、涼子ちゃんは〜ミサッチの攻撃すら防ぎきれない自分の不甲斐《ふがい》なさにイライラしてるだけだから〜。それに恨《うら》まれるとしてもあたしじゃないから平気〜」

「こっちは平気じゃないわよ！　腕《うで》も上がんなくなってきたし、それにもう腰《こし》が……」

「もう限界《げんかい》なの〜？　ピアニストのくせにヤワね〜」

「ピアニストは薙刀なんか振り回さないもん！」

「しょうがないわね〜」

奈々子は大袈裟《おおげさ》に肩《かた》をすくめてそう言うと、美沙緒の手から薙刀を取り上げ、涼子の前に歩み出た。

「薙刀の間合いと基本《きほん》の攻撃パターンはだいたい分かったわね〜？　それじゃ今度は防御《ぼうぎょ》について教えてあげるわね〜」

無造作《むぞうさ》な手つきで薙刀をバトンのように軽々と振り回し、ピタリと脇《わき》に挟《はさ》んで止める。

その動きを見ただけで相当に手慣《てな》れていることが分かった。

「むう!?　これは……凄《すご》いな」

「ええ……想像《そうぞう》以上ですよ」

達哉が唸《うな》り、大作が相槌《あいづち》を打ったのは奈々子の薙刀の腕前《うでまえ》についてではなかった。

「白衣に薙刀という組み合わせがここまでミスマッチとは……意外な発見だな」

「まったくですねえ。怪我《けが》人を治すのか作るのかさっぱり分かりませんよ。これはもうある意味、今世紀における指折りのレアな映像《えいぞう》ですよ」

稽古《けいこ》とはおよそ無関係な感慨《かんがい》にふける二人をよそに、奈々子は大胆《だいたん》な宣言《せんげん》を口にした。

「受けてばっかりで飽《あ》きたでしょ〜？　今度は涼子ちゃんから打ってきていいわよ〜。どこからでもかかってらっしゃ〜い」

パ＝
パ＝

「────!!」

涼子の目つきが変わった。挑発《ちょうはつ》的な発言だった。

「どこから打っても構《かま》わないんですか?」

「いいわよ~」

「手加減《てかげん》なしでも?」

「いいからド~ンといらっしゃい、ド~ンとね~」

相変わらず緊張《きんちょう》感のない口調で答えると、奈々子は右半身に構えた。薙刀《なぎなた》はまっすぐ正面に向いている。

奈々子はまったくの隙《すき》だらけに見えた。相手が防具《ぼうぐ》を着けていないことで涼子は一瞬《いっしゅん》躊躇《ちゅうちょ》したが、まずは試《ため》してみようと考えて正面から打ち込んだ。

パシッ!

面を打とうとした竹刀の中ほどを叩《たた》かれ、最初の攻撃《こうげき》はあっさりと弾《はじ》き返された。

次に籠手《こて》を狙《ねら》うが、薙刀に切っ先を巻《ま》き取られるようにして抑《おさ》え込《こ》まれる。

面打ちのフェイントから胴《どう》を狙う。奈々子はフェイントには反応せず、立てた薙刀の柄《え》で竹刀を受けた。

「手加減してると稽古《けいこ》になんないわよ~。こっちからは攻撃しないから安心してかかってらっしゃ〜い」

その言葉で涼子は完全に吹《ふ》っ切れた。

「せいっ！」

大上段からの打ち込みに対し、奈々子は薙刀の刀身で竹刀《しない》を受け流しつつ足を踏《ふ》み換《か》えて躱《かわ》す。二人の立ち位置が入れ替《か》わった。

涼子は構わず攻撃を続けた。

上段の攻撃は刀身で受け流され、中段の籠手や胴への攻撃は柄の部分で完全に防《ふせ》がれた。それならばと下段の構えから摺《す》り上げるようにして竹刀を繰《く》り出すも、石突きで引っかけられるか弾かれるかで攻撃が届かない。

正面から鋭《するど》い踏み込みで突っ込んでいく涼子に対し、奈々子の方はのらりくらりとした緩慢《かんまん》とも見える動きでそれをいなしていた。

薙刀は剣とは違《ちが》って半身に構えるため表と裏《うら》が生じる。涼子が左右どちらから攻撃を仕《し》掛《か》けても、奈々子は瞬時に構えを切り替えて表側で受けていた。

（どうにかして裏をかかないと……！）

涼子は地面に触《ふ》れそうなほどの極端《きょくたん》な下段の構えで踏み込み、突きを放った。奈々子は舞《ま》うようなステップを踏んでそれを躱す。

次の瞬間、涼子の竹刀の切っ先が『Z』の軌道《きどう》を描《えが》いて奈々子の背中側に迫《せま》った。剣道《けんどう》ではあり得ない逆手《さかて》に持ち替えた変化だった。

ガッ！

竹刀が奈々子の背中を打っ——しかし、涼子の顔に驚愕《きょうがく》の色が走った。

薙刀がいつの間にか奈々子の背中側に回り、竹刀の打撃を防いでいた。持ち手を替えずに一瞬で肩越《かたご》しに背中側へ薙刀を移動《いどう》させたのだ。

「う〜ん、ざ〜んねん」

奈々子は悪戯《いたずら》っぽく言うと、竹刀を背中で受け止めたまま器用に身体《からだ》の方を回転させて表裏を入れ替える。

涼子は竹刀を持つ手に粘《ねば》りつくような奇妙《きみょう》な感触《かんしょく》を覚えた。竹刀の先が薙刀にくっついたまま離《はな》れない。

戸惑《とまど》う涼子をからかうように奈々子は薙刀を回し、押《お》し出すように動かした。涼子はその動きに翻弄《ほんろう》されて体勢《たいせい》を崩《くず》し、よろけて数歩後退《こうたい》する。

「フェイントのつもりでしょうけど見え見えなのよね〜。涼子ちゃんの動きって単純《たんじゅん》なんだもの〜」

奈々子の言葉が終わらないうちに涼子は次の攻撃を仕掛けていた。竹刀をほとんど真後ろに引き、低い姿勢《しせい》で地面を蹴《け》る。攻撃する寸前《すんぜん》まで打ち込みの軌道を見切られないようにする工夫《くふう》だった。

跳躍《ちょうやく》からの上段打ち――これをギリギリ薙刀で受けられない間合いで出し、そのまま身を伏《ふ》せて脛《すね》を払《はら》う。

だが、本命の攻撃は空を切った。

奈々子は跳躍して竹刀を避《よ》けると、地面に突き立てた薙刀を心棒《しんぼう》にして回転しながら涼子の肩を蹴った。その反動でもう一回転してから着地する。

「おおっ、これは⁉」

奈々子が見せた曲芸じみた技《わざ》に達哉は目を瞠《みは》った。鉄棒の逆上《さかあ》がりを真横に倒《たお》したような動きである。

「竜巻蹴《たつまきげ》りというか、水平逆上《さかあ》がり蹴りというか……」

「旗包み蹴りとでも名付けましょうか？」

大作も興奮《こうふん》気味に答える。

蹴りを受けた涼子は尻餅《しりもち》をついていた。

蹴られた、というよりは軽く押された程度《ていど》の衝撃《しょうげき》だったが、竹刀を空振《からぶ》りした直後で体勢が崩《くず》れていたため、こらえることもできずに不様に尻餅をつくしかなかったのだ。

薙刀《なぎなた》を肩に担《かつ》いだ奈々子は、涼子を見下ろしながら、屈託《くったく》のない——それだけにかえって意地の悪そうな笑《え》みを浮《う》かべた。

「棒高跳び蹴りは一時期研究したこともあるのよね〜。試合じゃ使えないけど〜」

対あずみ戦で涼子が苦し紛《まぎ》れに思いついた奇襲《きしゅう》とは違《ちが》い、奈々子が披露《ひろう》したのは完成された立派《りっぱ》な技《わざ》だった。しかし使いこなしたところで実際に使える場面が滅多《めった》にない技ではある。

「んで、御感想は〜?」

そう問われて、涼子はようやく立ち上がった。袴《はかま》についた土を払《はら》いながら答える。

「剣で薙刀と正面からやり合うのは……思った以上に不利のようです」

「ふう〜ん、それだけ〜?」

「前回霧林あずみに勝てたのは、相手がこちらの実力を試《ため》しているところにタイミングよく奇襲が当たったから……つまり運がよかっただけだと思います。防御《ぼうぎょ》を固められたら簡《かん》単《たん》には崩《くず》せないでしょう」

「ま、そうよね〜」

そう言いながら奈々子は薙刀を分解し始めた。稽古は終わりということらしい。

「ど〜せ負けるとは思うけど、大怪我《けが》しない程度《ていど》にせーぜー頑張《がんば》んなさ〜い」

「ま、待ってください！　何かアドバイスは……」

「いいじゃな～い。一回は勝ったんだから～」

「そうはいきません！」

「あのね、涼子ちゃん……」

食い下がる涼子に、奈々子は諭《さと》すように言った。

「剣だけで薙刀と互角《ごかく》に闘《たたか》うには相当な実力差がないとダメなのはもう分かったでしょ～？　今の涼子ちゃんにはケンカ殺法と野性《やせい》の勘《かん》しかないわけだから、どうにかするったってすぐにはね～」

「まるで静馬《しずま》さんと同じような言われ様ですねえ」

大作のコメントに、涼子は横目で殺気のこもった一瞥《いちべつ》をくれた。

「剣だけでは無理……だったら、菱沼先生ならどんな作戦を立てますか？」

「そうね～まあいくつかあるけど～……」

奈々子は広げた手の指を一本ずつ折っていく。

「正統派《せいとうは》なところだと——まずは手裏剣《しゆりけん》とかの飛び道具よね～。もちろんシビレ薬を塗《ぬ》っとくのよ～。薬といえば強力な下剤《げざい》でお腹《なか》ピーピーにしちゃうってのもアリよね～。それと目つぶし！　唐辛子《とうがらし》にコショウとガラムマサラを混《ま》ぜるとかなり効《き》くわよ～。後はそうね～最後の切り札として落とし穴を掘《ほ》っておくってとこかしらね～。落っこちたところへすかさずコンクリートを流し込んで埋《う》めちゃえば完璧《かんぺき》よ～」

「先生……卑怯《ひきょう》すぎます……」

「あら、そ～お～？」

奈々子は悪びれた様子もなく小首を傾《かし》げる。どうやら本気で言っているらしい。

（こんな作戦採用《さいよう》したら……彼女、泣くか怒《いか》り狂《くる》うかどっちかね。きっと）

涼子は脳裏に浮かんだ地獄絵図《じごくえず》を振《ふ》り払った。

「あたしは卑劣《ひれつ》な手段《しゅだん》を使ってまで勝ちたいとは思いません」

「だったらおとなしく負けるしかないわね～」

「それも嫌《いや》です」

「ワガママね～」

自分のことを棚《たな》に上げた発言である。

「お願いします。次の対戦までの間、稽古に付き合っていただけませんか？」

「やだ～。面倒臭《めんどうくさ》いし～。それに私と稽古しても薙刀の対策《たいさく》にはならないと思うわよ～」

「どうしてですか!?」

「私の技《わざ》って、薙刀の先生から『邪道《じゃどう》』って呼《よ》ばれてるのよね～。私のは薙刀じゃなくて中国武術《ぶじゅつ》の棒術《ぼうじゅつ》とか槍術《そうじゅつ》に近いんだって〜。もともと薙刀って武器《ぶき》としてハンパな感じがして好きじゃないのよね〜」

「邪道……って、まさかさっきの蹴《け》りは——」

「あれで先生を蹴っ飛ばしたのよね〜。カンカンに怒《おこ》られたけど、いい気味だったわ〜」

奈々子は口元を手で隠《かく》してお上品にオホホと笑った。

（——この女、ヤバイ！）

その場にいた全員が、無意識《むいしき》のうちに一歩後ろに下がっていた。

二

三〇分後——駅前の喫茶店《きっさてん》〈ＪＯＪＯ〉。

窓際《まどぎわ》の四人掛《が》けの席。

涼子はテーブルを挟《はさ》んで、青木美沙緒と差し向かいに座《すわ》っていた。

誘《さそ》ったのは美沙緒の方である。

芸術科目で音楽を選択《せんたく》していない涼子にとって、クラス担任《たんにん》でもない青木美沙緒は校内での接点《せってん》がほとんどない教師《きょうし》だった。ただ今日に限《かぎ》っていえば、菱沼奈々子にヒドい目に遭《あ》わされた者同士という点では同じ立場にある。

涼子は美沙緒と同じケーキセットを注文した。一緒《いっしょ》に頼《たの》んだドリンクは野菜のミックスジュース、美沙緒の方はミルクティーである。

「……………」

ジュースに浮かぶ氷をストローの先でゆっくりかき回しながら、涼子は美沙緒の手元に目を留《と》めた。

美沙緒はティーカップを左手で持ち上げようとしていた。数センチ持ち上げたところで紅茶《こうちゃ》の水面に細かい波が立ち、カップの端《はし》で跳《は》ねた滴《しずく》がソーサーに落ちる。

美沙緒の手が痙攣《けいれん》して小刻《こきざ》みに震《ふる》えていた。美沙緒の顔は強張《こわば》っている。カップを口に運ぶのを諦《あきら》めてソーサーに戻《もど》そうとするが、それすらもままならないといった表情《かお》である。

涼子は左手を差しのべてティーカップを掴《つか》み、静かにソーサーの上に置いた。

「あ、ありがとう……」

「大丈夫《だいじょうぶ》ですか？」

「明日はピアノが弾《ひ》けないかも……筋肉痛《きんにくつう》で」

美沙緒は苦笑いを浮かべて両手を揉《も》みほぐした。手の震えは初めて薙刀を振り回したせいである。使ったことのない筋肉を急に使えばこうなるのは当然だった。ただし筋肉痛が出るのは明日ではなく数日後になるだろう。見かけは中学生でも中身はいい大人なのだ。

「それで……話というのは何でしょう？」

涼子の口調に同情や親しみはこもっていない。ことさら警戒《けいかい》しているわけではないが、少なくとも楽しい話ではあるまい、と思っている。その根拠《こんきょ》は美沙緒が草薙《くさなぎ》静馬の担任だからというただ一点であった。

美沙緒はソーサーごと持ち上げてからティーカップを傾《かたむ》けるという作戦で一口飲むと、小さく息を吐《つ》いて、気持ちを落ち着けてから口を開いた。

「あの……御剣さん。用心棒《ようじんぼう》を休業したそうだけど……どうして？」

「その前に『どうして用心棒を始めたのか』とは訊《き》かないんですね」

質問を質問で返されて、美沙緒は頬《ほお》をヒクッと引きつらせた。

（少し意地悪すぎるかな）

涼子はすぐに反省した。

「理由なら……他《ほか》にすることができたからです」

「することって、薙刀使いの女の子との勝負？」

「そうですけど」

涼子は刈谷《かりや》との対戦の翌日《よくじつ》、用心棒活動の無期限休止を宣言《せんげん》した。その後何件かの用心棒の依頼《いらい》があったがすべて断《ことわ》り、Kファイトについては傍観者《ぼうかんしゃ》を決め込んでいる。

「でも、その……御剣さんが用心棒を始めたのは、Kファイトの現状《げんじょう》を見るに見かねたからでしょう？　それはもういいの？」

「別に。義務《ぎむ》でやってたわけじゃなし。それに正直ウンザリしてるんですよ。くだらない連中のくだらないバカ騒《さわ》ぎに付き合うのは」

「用心棒を始める前にも似《に》たようなことを言っていたそうだけど？」

やんわりとした口調で指摘《してき》され、涼子はわずかに眉《まゆ》をひそめた。美沙緒の情報源《じょうほうげん》が神矢《かみや》大作だということはすぐに察しがついた。

「それでも用心棒を始めたってことは、このままじゃいけないって思ったからでしょう？　先生ね、それはとってもいいことだと思うの」

「人を木刀でブッ叩《たた》くことが？」

美沙緒は再び絶句《ぜっく》した。涼子は構《かま》わずジュースを飲む。

「あたしが用心棒をやったのは、ブッ叩きたい連中をブッ叩きたいようにブッ叩くためです。今はそれより優先《ゆうせん》することがあるから用心棒をやめた……それだけのことです。校内の治安を元に戻したいのならKファイト自体を止《や》めればいい。それは教師の仕事で、あたしには関係のないことです」

「校長先生はまだKファイトを続けるつもりなのよ。生徒たちがどう対処《たいしょ》するのかを見極《みきわ》めたいって。御剣さんの用心棒活動をみんなが支持《しじ》しているのは、それだけ秩序《ちつじょ》の回復《かいふく》を願っている生徒が多いってことよ。そうでしょ？」

「用心棒をやればやったでやっかみの対象になるし、やめたらやめたで今度は裏切《うらぎ》り者扱《あつか》い。自分じゃ何もしないで勝手なことばかりほざいてる連中の期待なんて、それこそ知ったこっちゃないわね」

用心棒として有名になるにつれ、涼子の耳には様々な評判《ひょうばん》や噂話《うわさばなし》が聞こえてきた。

Ｋファイトで打ち負かされた相手が流したらしい根も葉もない醜聞《しゅうぶん》は毎度のことだったが、用心棒を断《ことわ》られたサークルの部員が逆恨《さかうら》みして、涼子を非難《ひなん》する内容《ないよう》のチラシを作って校内に貼《は》り出した事件にはさすがの涼子も頭にきた。

大作に捜査《そうさ》を命じて犯人《はんにん》を割《わ》り出すと、授業《じゅぎょう》中に教室に乗り込んでいってＫファイトを挑《いど》み、相手が泣いて土下座《どげざ》するまでしこたまぶん殴《なぐ》ってやった。それが二日前のことである。その一件以降《けんいこう》、用心棒の依頼《いらい》はきていない。

「それに……用心棒やら傭兵《ようへい》やらの『助太刀《すけだち》屋』は、Ｋファイトのルールに穴《あな》があったから出てきたものです。Ｋファイトをなくせないのならルールを改正すればいい。部室の取り合いも禁止《きんし》にすれば済《す》む話だし」

「それができれば……」

美沙緒は力無くうなだれた。

「じゃあ、先生はあたしにいったいどうして欲《ほ》しいんです？」

「草薙君を——」

顔を上げた美沙緒は訴《うった》えるような目で涼子を見つめた。

「草薙君を止められるのは——あなたしかいないと思うの」

涼子はその言葉に驚《おどろ》き、すぐに不審《ふしん》な顔つきになった。美沙緒の真意を量《はか》りかねたからだ。

「確《たし》かに……あの野人をやっつければKファイトは終わる」

そう言うと涼子は目を細め、唇《くちびる》の端《はし》をつり上げて皮肉っぽい笑《え》みを浮《う》かべた。

「しかし正面から勝負して勝つのは困難《こんなん》ですよ。不意《ふい》討ちで仕留《しと》めるにしても一撃《いちげき》で倒《たお》さないと反撃を食らうし……それこそ菱沼先生なみに汚《きたな》い手を使わないと」

「え？　あの、ちょっと待って」

美沙緒は慌《あわ》てて手を振《ふ》った。

「そういう意味で言ったんじゃないのよ。ほら、草薙君って、御剣さんの前だと態度《たいど》が変わるじゃない？」

「どう変わるんです？」

「どうって……その、何て言うか……とにかく普段《ふだん》とは違《ちが》う行動をするじゃない？」

「あれの行動が異常《いじょう》なのはいつものことだと思いますけど」

「それはそうなんだけど、あなたの前だと違うのよ」

「分かりませんね。何がどう違うのか具体的に言ってもらわないと」

美沙緒の話は涼子にとってまるで要領《ようりょう》を得なかった。自分に対する静馬の態度が普通ではないと言われても、涼子にはそれ以外の静馬の姿《すがた》を知りようがないのである。

「要はあたしに野人の首を取ってこいという話でしょう？」

「だから、そうじゃなくて……草薙君はね、あなたに対してこう……特別な感情を持ってるのよ」

「なるほど。そこに付け入る隙《すき》があるというわけですか」

「違うのにィ〜」

自分の話に耳を貸す気がないかのような涼子の頑迷《がんめい》さに、美沙緒は頭を抱《かか》えた。来《きた》るべき霧林あずみとの再戦《さいせん》に向けて心身ともに戦闘《せんとう》モードに入っている涼子に勝負事以外の思考を求めても無駄《むだ》だとは、一介《いっかい》の音楽教師《きょうし》に理解《りかい》できるはずもない。そして涼子が草薙静馬という男をどれだけ警戒《けいかい》しているかを分かっていなかった。

美沙緒はミルクティーとケーキの甘《あま》さで気持ちを落ち着かせた。

「草薙君のことは――とりあえず横に置いておきましょ。ええと、そうね……御剣さんはそもそもKファイトのことをどう考えてるの？」

「まあ『百害あって一利なし』ってところですかね。今のところは」

「じゃあ反対派《は》なのね？」

「別に。あってもなくても、どちらでも構《かま》いませんけど」

「……どういうこと？」

「Kファイトがあろうとなかろうと、あたしの行動には関係がないってことです。気に入らない奴《やつ》をぶちのめすのにKファイトが不可欠《ふかけつ》なわけじゃなし。大っぴらにやるかどうかだけの差です。浮《う》かれたバカをいぶり出すにはいい制度《せいど》ですけど」

「つまりKファイトの存在《そんざい》自体には反対してないわけね」

「賛成《さんせい》もしませんけどね」

「いったいどっちなの⁉」

美沙緒の戸惑《とまど》いは大門《だいもん》高校の教師として当然の反応《はんのう》だった。Kファイトに対して賛否を保留《ほりゅう》する涼子の態度は奇妙《きみょう》という他ない。

「反対ではないが賛成もできない――これって矛盾《むじゅん》してますかね？」

「矛盾というか……具体的な意見があるのなら言ってほしいんだけど」

「意見？　意見なんて特にないです。あたしがKファイトを作ったわけじゃないし、存続するか否《いな》かもあたしの決めることじゃない。ありていに言えば『あっしにゃあ、かかわりのねえことでござんす』——ってとこですかね」

涼子はそう言ってストローをくわえた。

笹沢左保原作《ささざわさほ》の時代劇《じだいげき》『木枯《こが》し紋次郎《もんじろう》』の決め台詞《ぜりふ》である。しかし主人公である紋次郎はそうニヒルに言いつつも虐《しいた》げられた人を見捨《みす》ててはおけず、個人《こじん》的な怒《いか》りから悪に挑《いど》んでいく。

紋次郎が行きずりの渡世人《とせいにん》にすぎないのと同じように、涼子もKファイトに関しては自分は本来無関係の部外者であると認識《にんしき》している。ある意味においては被害者《ひがいしゃ》だという気分もあった。かかわりたくてかかわっているわけではない。

美沙緒は嘆息《たんそく》するとともにようやく納得《なっとく》した。

世の中にはケンカ上等な人間とそうでない人間がいて、両者の間にある隔《へだ》たりは話し合いで埋《う》められるものではないということを——

気詰《きづ》まりな雰囲気《ふんいき》のまま二人は喫茶店《きっさてん》を出た。お茶代はもちろん美沙緒のおごりである。

別れ際《ぎわ》に、涼子は独《ひと》り言《ごと》のように呟《つぶや》いた。

「Kファイトをどうするか……そんなことは本人に訊《き》けばいいんですよ。あの赤ザルに」

美沙緒が顔を上げて聞き返そうとした時、涼子はすでに背を向けて歩み去るところだった。

三

翌日の午後——

校舎《こうしゃ》の屋上へ続く階段のところへやってきた涼子は、足を止めて怪訝《けげん》な顔つきで辺りに目を配った。

一年生らしい男子生徒一〇人ほどが階段でたむろし、行く手をふさいでいる。体力は余《あま》っているがオツムの方は不足気味、武闘派《ぶとうは》と言えば聞こえはいいが要するにチンピラ予備《よび》軍《ぐん》——涼子はひと目でそう見抜《みぬ》いた。

「この上に、ホモ・サピエンスに進化し損《そこ》ねた例のアレがいるんでしょ？　道を空けてもらうわよ」

「そりゃあダメだな。まずは通行料を払《はら》ってもらわないと」

団体《だんたい》のリーダーらしい——つまりバカ揃《ぞろ》いの中でもひときわ低能《ていのう》そうな一人がニヤケながら言った。涼子は苛立《いらだ》ちを感じながら訊《たず》ねる。

「何の権利《けんり》があって？」

「ここは俺《おれ》たち〈草薙静馬同好会〉が占拠《せんきょ》してるんだ。通りたいなら通行料を払うかKファイトで勝つんだな」

「……同好……会⁉」

頭の悪すぎるネーミングに、涼子は軽い目眩《めまい》を覚えた。『同好会』とは趣味《しゅみ》や興味の対象を同じくする者の集まりである。しかし興味の対象が人物の場合は『ファンクラブ』、その人物の配下であれば『軍団《ぐんだん》』と称《しょう》するのが適当なのでは——当然のごとくわいてきた疑念《ぎねん》すら厭《いと》わしく感じられた。

「いつの間に結成されたわけ?」

「今日だよ、今日」

「なるほどね……それじゃ結成したばかりで悪いけど、早速《さっそく》解散してもらおうかしら」

言うなり涼子は竹刀袋《しないぶくろ》から木刀を抜《ぬ》き放った。木刀が右から左に走り、階段に座《すわ》り込んだまま腰《こし》も浮《う》かせてもいない二人の顔面を容赦《ようしゃ》なくブッ叩《たた》く。二人は座ったまま昏倒《こんとう》し、人形のように階段を転げ落ちた。

「二つ」

Kファイトの手続き抜きでいきなり始まったケンカに、残る八人は度肝《どぎも》を抜かれた。涼子の気迫《きはく》に浮き足立ち、我先《われさき》にと階段を駆《か》け上がる。他に逃《に》げ場がなかったからである。

屋上に出た同好会メンバーは、二人減ったとはいえ自分たちの方が数で勝《まさ》っているという事実を思い出した。追ってきた涼子を囲んで一斉《いっせい》に飛びかかる。草薙静馬同好会を名乗るだけあって全員が跳《と》び蹴《げ》りだった。ただし高さは一メートル以下と貧弱《ひんじゃく》である。

涼子は高度の足りない攻撃《こうげき》を飛び越《こ》え、包囲を突破《とっぱ》した。着地と同時に反転すると、跳び蹴りの不発で体勢《たいせい》の崩《くず》れているところを攻撃し、さらに二人を叩き伏《ふ》せる。

「四つ！」

六人に減った同好会はしかし、怯《ひる》むことなく果敢《かかん》に攻《せ》めてきた。二人が同時にタックルを仕掛《しか》けてくる。双手刈《もろてが》りのように足元を狙《ねら》ってきた一人の肩《かた》を木刀で叩き伏せ、身体《からだ》を翻《ひるがえ》してもう一人のタックルを躱《かわ》す。しかし相手の伸《の》ばした手が涼子のセーラー服の脇《わき》の辺りを摑《つか》んでいた。

相手は体勢を崩しながらも服を引っ張る。涼子は思わぬ力で振《ふ》り回された。

ビィィッ！

鋭《するど》い音とともにセーラー服の左半身が引き裂《さ》かれた。制服《せいふく》の生地《きじ》は人間の腕力《わんりょく》でもそう簡単《かんたん》に破《やぶ》れるものではないが、身体ごと倒《たお》れ込む相手と、その場で踏《ふ》ん張ろうとした涼子の間で、瞬間的《しゅんかんてき》に大きな力が働いたのだろう。

片肌《かたはだ》を脱《ぬ》いだ涼子の姿《すがた》に、同好会メンバーの目の色が変わった。弱った獲物《えもの》を見るハイエナの目だった。ネイビーのスポーツブラに色気はないが、本能的《ほんのう》に自分たちの有利を確《かく》信《しん》したらしい。涼子を囲むように陣形《じんけい》を組み直し、じりじりと間合いを詰《つ》めてくる。

涼子は露《あらわ》になった肌《はだ》を気に留める様子も見せずに、油断《ゆだん》なく木刀を構えた。

奇《き》声《せい》が上がったのは、その時だった。

「のりゃあああぁ――――っ!!」

黒い影《かげ》が涼子の頭上をよぎり、正面にいた同好会の一人を蹴倒した。

「――このケンカ、ワシが買うた!」

品のないだみ声が響《ひび》き、同好会メンバーは青ざめて後ずさった。

声の主が涼子に向き直った。

闖入者《ちんにゅうしゃ》の正体は、神の悪ふざけが産んだ奇跡《きせき》の野人――草薙静馬であった。

「――うぬっ⁉」

涼子を見るなり静馬の顔が強張《こわば》った。その視線《しせん》は涼子の胸元《むなもと》に釘付《くぎづ》けになっている。

数秒の間魅入《みい》られたように凝視《ぎょうし》していた静馬は、急にそっぽを向くと、時代錯誤《さくご》の象《しょう》徴《ちょう》である長ランを脱いで涼子に投げつけた。受け取った長ランを、涼子は当然のごとく足元に捨《す》てる。

「アホ、何やっとんねん!」

静馬は慌《あわ》てて長ランを拾うと、埃《ほこり》を払《はら》ってから涼子の肩に掛けた。

「何のつもりよ？」

「ええから隠《かく》しとけ。はしたない！」

野人の口から飛び出したとは思えない台詞《せりふ》に、涼子は少し面食らった。恥《はじ》の概念《がいねん》を持たない男に『はしたない』と言われては反論《はんろん》のしようがない。

同好会のリーダーが引きつった愛想《あいそう》笑いを浮かべながらおずおずと訊ねた。

「あ、あの……草薙さん？　ケンカを買うってのは、どういう……？」

「どうもこうもあれへん。そのままの意味に決まっとるやろ。ケンカは自由市場になっとんねん。誰のケンカを買おうがワシの勝手や。そやろが？」

静馬の口調はいつになく凄味《すごみ》を帯びていた。

「ところで、お前らに先に謝《あやま》っとかなあかんことがあるんや……ゴメンなあ！」

涼子は静馬が人に謝罪《しゃざい》する言葉を初めて聞いた。

「今からお前ら全員ボッコボコに……いや、それやと人聞きが悪いよって、ポ、コ、ポ、コ、にしとこ！　まあポッコポコにするわけやが……ワシの予想やと、普段《ふだん》よりちょっと強めに殴《なぐ》ってしまうと思うんや。これはあくまで予想やで？　予想ではあるけれども、およそ九七パーセントくらいの確率《かくりつ》で手加減《てかげん》しそこなうおそれがある。その点については先に謝っとくわ。ゴメンな！　ホンマ、ゴメンやで！」

同好会の方を向いている静馬がどんな顔をしているのか、涼子には見えない。しかし笑っていないであろうことは同好会メンバーの恐怖《きょうふ》に染《そ》まった表情を見れば容易《ようい》に察しがついた。

「これも予想やけど、たぶん一週間くらい血のションベンが止まらんのとちゃうかな……あと、もう一つだけお知らせしとくことがあんねん。分かっとるとは思うけれども、念のために言うとくわ——逃げたら、こ、ろ、す、で！」

〈草薙静馬同好会〉が解散したのは、それから二分後のことであった。


「……何よ？」

目の前に突《つ》き出された千円札の束を見て、涼子は眉《まゆ》をひそめた。

「制服《せいふく》の弁償代《べんしょうだい》や」

静馬は何のてらいもなく答える。札束は蠢《うごめ》く生ゴミと化した同好会メンバーの財布《さいふ》から無断で徴収《ちょうしゅう》したもので、合計で二万円ほどあった。

「あんたのやってることは基本的《きほん》にノックアウト強盗《ごうとう》よね？」

「人聞きの悪いこと言うな。払うもんは払う、貰《もら》うもんは貰う……それだけや。いらんのやったらワシが預《あず》かっとくけど」

涼子は静馬の手から札束を取り上げ、スカートのポケットにねじ込んだ。屋上のあちこちに転がっている生ける屍《しかばね》どもに目をやる。

「あいつら、あんたの同好会を名乗ってたけど……手下じゃないの?」

「同好会? んなもん知らんわ。だいたい、一番強いモンがなんで自分より弱い連中とつるまなあかんのや? 必要ないやろ。王者は孤独《こどく》なもんや」

静馬の答えはおおむね予想通りのものだった。涼子は肩の力が抜《ぬ》けるのを感じた。

「今日はあんたに話があって来たんだけど……」

「話? 話って何や?」

静馬は俄然《がぜん》目を輝《かがや》かせて迫《せま》ってきた。涼子はマントのように羽織《はお》った長ランの前をかき合わせて胸元《むなもと》を守る。

「Kファイトのことよ」

「……何や、Kファイトかいな」

静馬は露骨《ろこつ》にがっかりした様子で肩をすくめ、首をひねった。

実に分かりやすい反応《はんのう》のようだが、逆《ぎゃく》にそうでないとも言える。感情は明白でも思考については推《お》し量《はか》りがたいものがあるからだ。

「あんたがKファイトを始めた理由ってのを訊《き》こうと思って」

「今さら？」

「訊きたくなったから訊きに来ただけよ」

「ふう〜ん……」

静馬は量の多い髪《かみ》を虎縞《とらじま》のバンダナで無理やりまとめた頭をボリボリと掻《か》いた。

「まあ、簡単《かんたん》に言うたら……ケンカのやり方を教えるためや。どうも関東《こっち》の人間はケンカのやり方を分かってへん！　全然あかん！　ド素人《しろうと》や！　目に余《あま》る……」

「どんなところが？」

「基本《きほん》的に考えてることがセコい！」

静馬は断言《だんげん》した。

「頭でっかちであれこれ考えて、素直《すなお》に身体《からだ》が動いてへん。心と身体がバラバラや。心でムカッときた瞬間《しゅんかん》にはもう身体の方は殴ってるくらいでちょうどええねん。それでこそスカッとしたパンチが出るっちゅうもんや。このタイミングがズレると人間は不健康になる。不健康な人間のケンカは見られたもんやないな」

「――――!!」

その言葉に、涼子は言いしれぬ衝撃《しょうげき》を受けた。

静馬の理屈《りくつ》は乱暴《らんぼう》そのものである。だが、言わんとしている意味は理解《りかい》できた。他人には説明できないが心の深いところで理解できる——共感できてしまう自分が逆に恐《おそ》ろしく感じた。

パンチを出す前にあれこれ考える——それこそが人間の理性《りせい》の働きである。その理性をすっ飛ばし、本能と反射《はんしゃ》で生きることをよしとする静馬の思想はまさしく野《や》獣《じゅう》の哲学《てつがく》であった。それは決して思考停止を意味するものではなく、精神《せいしん》と肉体の完全なる調和とでも言うべき代物《しろもの》である。

静馬の言葉にも一理ある。しかしそれをそのまま受け入れることはできなかった。様々な事情に縛《しば》られて思い切った行動が取れないのは人間の抱《かか》えるジレンマである。しかしそれらを断《た》ち切って思いのままに行動し、しかも後悔《こうかい》しないでいられるのは特別な人間だけだ。凡人《ぼんじん》が真似《まね》をすればたちまち破滅《はめつ》してしまうだろう。

「でも……Kファイトが始まっても、結局こいつらみたくセコい連中が調子づいてでかい面《つら》するようになっただけじゃない⁉」

「当たり前や。病人がそんな簡単に健康になるわけないやろ。リハビリの期間が必要や」

「リハビリ……でどうにかなるもんなの？」

「そんなもんはその人間次第《しだい》や。自分の出すパンチに納得《なっとく》できるかどうかはな。納得しと

る奴《やつ》のケンカはいつでも男前《オットコマエ》や。説明せんでも見たら一発で分かる」

静馬は『男前』を『オットコマエ』と発音する。思い入れのある言葉だからに違《ちが》いない。

「今んとこ、この学校で男前のケンカができるもんは……涼子、お前ぐらいしか居《い》てへんけどな」

静馬は犬歯を剝《む》き出してニヤリと笑った。

「あ……あんたなんかと一緒《いっしょ》にしないでよ！」

戦慄《せんりつ》を覚えた涼子は即座《そくざ》に否定《ひてい》すると、階段の方へ早足で向かった。

「帰んのか？」

涼子は反射的に足を止めた。静馬の言葉が『逃《に》げるのか？』と聞こえたからだ。涼子は振り向くと、右手を上げて静馬に人差し指を向けた。

「いずれ……あんたはこのあたしが倒《たお》す！」

突然《とつぜん》の宣言《せんげん》に、静馬は少し驚《おどろ》いた表情になったが、すぐに不敵《ふてき》な笑《え》みに戻《もど》った。

「いずれって、いつや？」

「そのうち、その時が来たら……ね」

そう答え、静馬の顔をキッとにらみつけてから、涼子は踵《きびす》を返して屋上を後にした。

どうしてそんな言葉を口走ったのか、自分でも理解しないまま——

第十二話　ナデシコガールの挑戦《ちょうせん》

はたしあい【果たし合い】争い事などを解決する手段として、約束した方法で戦うこと。決闘《けっとう》。

一

「――涼子《りょうこ》さん！　大変ですよ！」

土曜日の午後――剣道部《けんどうぶ》の部活のため旧《きゅう》道場へ向かう途中《とちゅう》の涼子を呼び止めたのは、神《か》矢《み》大作《やだいさく》だった。

「うるさいわね。声が高いのよ、あんたは」

馴《な》れ馴れしい態度《たいど》に釘《くぎ》を刺《さ》すつもりで振《ふ》り向いた涼子の目の前に、いきなり竹の棒《ぼう》が突《つ》きつけられた。大作が捧《ささ》げ持った棒の先には切れ込みが入っていて、そこに白い封筒《ふうとう》が挟《はさ》まれている。

「何よこれ……直訴状《じきそじょう》？」

「誰《だれ》が年貢《ねんぐ》をまけてくれなんて訴《うった》えますか？」

「だったら紛《まぎ》らわしいことをするんじゃないわよ」

「直接《ちょくせつ》手で渡《わた》すのも何だか畏《おそ》れ多いような気がしたんで──いやいや、それよりよく見てくださいよ」

涼子は怪訝《けげん》な顔で竹の棒から封筒を取ると、その表に書かれた文字を読んだ。毛筆で『果たし状』と書かれている。

「神矢君…… いい度胸《どきょう》ね。このあたしに挑戦とは」

「勘違《かんちが》いしないでください。僕《ぼく》のじゃありませんよ。人から預かってきたんです。中を読んでみてください」

封筒を開けてみる。その中には、昔の手紙のように横に長い和紙が巻《ま》かれた形で納《おさ》まっていた。

「こ、これは……!?」

涼子は手紙を広げてみて、困惑《こんわく》した。

「なんて達筆な……てゆーか、ミミズがのたくったような字ばっかでゼンゼン読めやしないじゃない！」

「だと思って翻訳《ほんやく》したものをこちらに用意しました」

大作がメモを差し出す。完全に段取り通りの行動である。

「最初《ハナ》からそっちを見せりゃ済《す》む話でしょ？」

取り上げたメモの文面を確認《かくにん》する。そこには大作の文字でこう書かれていた。

『御剣《みつるぎ》涼子様
すっかり風も冷たくなって参りました今日この頃《ごろ》、いかがお過《す》ごしでしょうか。
こちらの用意は整いました。
かねてからの約束通り、そろそろ決着をつけると致《いた》しましょう。
あなたをケチョンケチョンにして差し上げます。
首を洗《あら》ってお待ちください。
霧林《きりばやし》あずみ』

元の手紙の長さからすると随分《ずいぶん》と簡潔《かんけつ》な内容《ないよう》である。思い切った意訳がなされているらしい。

「いくら何でも省略《しょうりゃく》しすぎでしょ⁉　だいたい彼女はお嬢様《じょうさま》なんだから『ケチョンケチョン』なんて下品な言葉は使わないわよ」

「分かりやすく翻訳したまでです。原文の内容《ないよう》を知りたいのなら自分で勉強して読んでください」

「ったく……」

涼子はもう一度メモを見て、奇妙《きみょう》なことに気付いた。

「これって果たし状よね？　決着をつけるっていうのは分かるけど……肝心《かんじん》の時間と場所が書いてないじゃない。こっちで決めていいわけ？」

「時間は一週間後の土曜日の午後、場所はここ、大門《だいもん》高校です」

「なぬ⁉」

涼子は不吉《ふきつ》な予感に襲《おそ》われた。

「それって、彼女が指定したの？」

「僭越《せんえつ》ながらこの僕が指定させていただきました」

大作は深々と頭《こうべ》を垂《た》れたが、恐縮《きょうしゅく》しているようには見えない。むしろ気を利《き》かせてやったという態度《たいど》がありありである。

「僭越すぎるわよ！　いったい何の権利《けんり》があって……」

「だって、校内《ここ》でやらずにどこでやるって言うんです？」

「それは……」

確かに最初の対決のように道端《みちばた》でやるわけにもいかなかった。見つかれば警察《けいさつ》のお世話になってしまうし、警察沙汰《ざた》になれば捕《つか》まるのは涼子だけのような気もする。

対戦の場所はあずみの方で用意するべきではないかと思ったが、立場上あずみは挑戦者である。そうなると時と場所を選ぶ権利はやはり涼子にあるはずだが、大作が勝手に決めてしまっていた。その目的といえば一つしかない。

「ここでやるってことは、つまり——」

「もちろんKファイトですよ！　初めて校外から挑戦者を迎《むか》えるんです。失礼のないようにしないと」

大作のやる気満々の態度に、涼子はにわかに足元が頼《たよ》りなくなったような不安を覚えた。

「涼子さんは一週間後の対決に向けて調整しておいてください。僕は委員会に報告《ほうこく》して準《じゅん》備《び》を始めます。やれ忙《いそが》しい」

「ちょ、ちょっと待って……」

「待ったなし！」

呼び止める声にも耳を貸さず、大作は風のように走り去っていった。

二

カッッ！

甲高《かんだか》い破裂音《はれつおん》が道場に響《ひび》く。

普段《ふだん》であればそれは竹刀《しない》同士が打ち合う音だが、今日だけは違《ちが》っていた。

竹刀を構《かま》える涼子に相対した達哉《たつや》が手にしている得物《えもの》は竹刀ではなく薙刀《なぎなた》であった。

薙刀は竹刀と同様の作りの練習用で、あずみからの挑戦状《ちょうせんじょう》を受け取った昨日の土曜日、涼子が池袋《いけぶくろ》まで出かけて買ってきたものだ。

あずみ戦に備《そな》えての稽古《けいこ》は早朝から続いていた。

稽古といってもあずみ役の達哉が仕《し》掛《か》けて涼子が受ける、逆に涼子が仕掛けて達哉が受ける――を交互《こうご》に延々《えんえん》と繰《く》り返しているだけだ。薙刀という武器《ぶき》の特性《とくせい》を把握《はあく》し、予想しうる攻撃《こうげき》のパターンを分析《ぶんせき》して対処法を身体《からだ》で覚えるにはひたすら稽古しかない。

スパァン！

上段から弧《こ》を描《えが》いて振《ふ》り下ろされた薙刀が、袴《はかま》の上から涼子の向こう脛《ずね》を打った。

「――――クッ」

耐《た》えようとした涼子だったが、弁慶《べんけい》の泣き所を強打された激痛《げきつう》にたまらず竹刀を投げ出し、その場にしゃがみ込んで脛をさすった。達哉は薙刀を肩《かた》に担《かつ》ぎ、やれやれといった顔でため息をつく。

「どうした？　上段から面や籠手《こて》と見せかけて脛を打つパターンは基本中の基本だぞ。集中力が切れてる証拠《しょうこ》だ。休憩《きゅうけい》して昼飯にしよう」

「い……いや、もう一本お願いします！」

「こっちの攻撃に対する反応も鈍《にぶ》くなってるし、何より防御《ぼうぎょ》の形がワンパターンで進歩がない。身体を動かす稽古はひとまずやめて、イメージトレーニングに切り替《か》えた方がいいな」

「しかし――」

「このままやってもお嬢様には勝てないぞ」

達哉にそう言い切られては涼子に反論の余地はなかった。

外の水道で顔を洗《あら》い、道場の隅《すみ》でコンビニ弁当《べんとう》を広げる。水筒《すいとう》に用意してきたお湯でカップみそ汁《しる》を作り、一口すると塩味が舌《した》にしみた。

「思うんだが……今みたいな稽古を続けても一週間じゃ追いつかんのじゃないか？」

達哉の言葉に、涼子は箸《はし》を止めて顔を上げた。

「イメージトレーニングですか？」

「それも必要なんだが……もっと別の角度から薙刀対策《たいさく》を考えてもいいんじゃないかと思ってね。今のところ、御剣が薙刀との闘《たたか》い方を覚えるより、俺《おれ》が薙刀の扱《あつか》いに慣《な》れる方が早い感じだ。防具《ぼうぐ》を着けて剣道のルールでやる対戦なら対策も立てやすいが、〈Kファイト〉は真剣《しんけん》勝負だからな。一発いいのが入ればそれで決まってしまう」

「剣の方が不利だと？」

「理屈《りくつ》では分かっていたつもりだったが、実際持ってみると予想以上だな。薙刀を持ってる側から見ればリーチの差は断然《だんぜん》有利だ。薙刀に対して剣で受け身に回ると辛《つら》いだろ？　主導権《しゅどうけん》は完全に薙刀側にある。素人《しろうと》の俺でさえそう思えるんだ。この差はちっとやそっとじゃ覆《くつがえ》せない」

「そこをどうにかするための稽古じゃないですか」

「だから真正面からぶつかるだけじゃなく、別の角度からも対策を検討《けんとう》する必要がある」

達哉はそう言うと、バッグの中から黒い箱を取り出した。VHSのビデオテープだ。

「この間テレビでやってた昔のカンフー映画《えいが》なんだが、その中にヒントがあった。口で説明するより実際に観《み》た方がいいだろうと思ってな」

涼子は合点《がてん》のいかない顔のまま、達哉の差し出したビデオテープを受け取る。レーベルには何も書かれていない。

「なんて映画ですか？」

「少林寺《しょうりんじ》三十六房《ぼう》」

☆

明けて月曜日。

「――涼子ちゃん！　大変、大変よ！」

涼子が登校してくると、通用門のところで待ち構えていたらしい結城《ゆうき》ひとみが声をかけてきた。ひどく慌《あわ》てた様子である。

「おはよう、ひとみ。朝っぱらから何が大変なの？」

「とにかくこっちへ！」

ひとみが案内したのは、今やKファイト専用《せんよう》になりつつある掲示板《けいじばん》だった。何があるのか、すでに何十人もの生徒たちが集まっていた。

人だかりをかき分けて前に出る。いきなり派手《はで》なポスターが目に入った。

『美しき挑戦者現る《ちょうせんしゃあらわ》！』

でかでかと書かれたアオリ文句《もんく》を挟《はさ》んで、涼子とあずみがアップになって向かい合っている。涼子の方は用心棒《ようじんぼう》活動の最中に撮《と》られた写真を使っているらしく、黒っぽい着物を着て肩に木刀を担いでいた。あずみの方は白い上衣《うわぎ》のため対照的に清楚《せいそ》に見える。

ポスターにはあずみの名前は出ておらず、白鳳《はくほう》女学院の制服《せいふく》を着ていないため、顔を知らなければ素性《すじょう》が分からないようになっていた。ポスターの下の方にKファイトの日付と時間が書かれているだけで他の情報はない。構成要素はシンプルで、インパクト勝負の第一報といった体裁《ていさい》である。

涼子は土曜日に感じた不吉《ふきつ》な予感が現実となったのを悟《さと》った。

あずみとの勝負はごく個人的なもので、他人にはまったく関係のない事柄《ことがら》である。ましてや見世物ではない。

ポスターは掲示板の端《はし》から端までびっしりと並んでいた。この様子だと何枚《まいす》刷られているか分かったものではない。

「……神矢君は？」

「今日はまだ見てないけど」

「探《さが》してくる」

ひとみに鞄《かばん》を預《あず》けると、涼子は急ぎ足で廊下《ろうか》に出た。

校舎内《こうしゃない》を探し回ること数分——新校舎二階の掲示板前に大作の姿《すがた》を発見した涼子は、気付かれないように背後《はいご》から忍《しの》び寄《よ》った。

美しき挑戦者現る!!

大作は小型の脚立《きゃたつ》の上に立ってポスターを画鋲《がびょう》で留《と》めていた。足元に置かれた紙袋《かみぶくろ》にはポスターの束が入っている。まだ二〇〜三〇枚はありそうだった。

「大作〜〜ッ!!」

ガラの悪い声が背後から聞こえてくる。涼子は慌《あわ》てて近くの教室に飛び込んだ。

「やってきたのは草薙静馬《くさなぎしずま》だった。不良のくせに遅刻《ちこく》もしないで登校してくるとはけしからん——そう思いながら観察する。

「大作、ポスターくれ、ポスター!」

「その辺に張ってあるのを適当《てきとう》に取ってけばいいのに」

「アホ、テープとか画鋲の跡《あと》が付くやんけ」

「こだわりますねえ」

大作は紙袋からポスターを三枚取り出して静馬に渡《わた》した。

「これ、宣伝ポスターとしては第一弾《だん》なんですよ。順次バージョンアップしたものを張り替《か》えていく予定ですから、期待してください」

それを聞いた涼子は険《けわ》しい顔になった。

バージョンアップするということは、日に日に内容がエスカレートしていくという意味である。大作の——つまりKファイト実行委員会の広告戦略《せんりゃく》を知った涼子は、一刻《いっこく》も早く止めないと取り返しのつかない事態《じたい》に発展《はってん》すると確信した。

「何やってるんだ、御剣？」

驚《おどろ》いて振り向くと、達哉が立っていた。

「お……おはようございます。先輩《せんぱい》こそ、どうしてここに？」

「ここ、俺のクラスだから」

言いにくそうに答えると、達哉は廊下に顔を出した。大作の姿を見つけて目を輝《かがや》かせる。

「おっ、例のポスターか？　俺も貰《もら》っとこう」

「先輩……」

嬉々《きき》として飛び出していく達哉の姿に、涼子はガックリと肩を落とした。

☆

「どういうつもりなんですか⁉」

「どうって、俺に訊《き》かれてもなあ」

昼休みの食堂——涼子とひとみ、達哉と後藤史織《ごとうしおり》の四人が一つのテーブルに相席になっている。

朝のことで涼子に問い詰《つ》められた達哉は、不服そうに首をひねった。

「ポスターを貰ったぐらいで何で怒《おこ》るんだ？」

「貰った事じゃなくて、ポスター自体が問題なんです！」

涼子は力説した。大作の作ったポスターのおかげで、土曜日のKファイトについてすでに全校生徒が知るところとなっている。校内は名前も素性《すじよう》も伏《ふ》せられている挑戦者についての話題で持ちきりだった。Kファイト実行委員会からの発表はまだなく、涼子のところへ直接質問に来る生徒も跡《あと》を絶《た》たなかった。もちろん涼子は今のところノーコメントを貫《つらぬ》いている。

食堂の壁《かべ》にも張られている問題のポスターを見て、史織が言う。

「なかなかいい出来のポスターよね。センスを感じるわ」

「だろ？」

「だから、そうじゃなくて……」

涼子はテーブルに身を乗り出し、小声で言った。

「あのポスター、彼女の了解《りようかい》は取ってあると思いますか？」

「取ってるんじゃないか？　あの神矢のことだし」

「でも、あたしと彼女との勝負はあくまで個人《こじん》的なことで……大々的に宣伝《せんでん》されても困《こま》ります」

誰が聞いているか分からないので、涼子は霧林あずみの名前は出さずに『彼女』としか言わない。自意識過剰《じいしきかじょう》かもしれないが、このところのKファイトにおける生徒たちの熱狂《ねっきょう》ぶりは目に余るものがある。対戦相手が白鳳女学院の生徒だと知れ渡《わた》ればあずみに迷惑《めいわく》がかかるおそれがあった。

「御剣の言い分は分かるが、今さらどうにもできんのじゃないか？　彼女の挑戦を受けた手前、延期《えんき》するわけにもいかんだろう。それに、他にも考えることがあるだろ？」

「何ですか？」

「何がって、『薙刀《なぎなた》にどうやって勝つか』だよ。対策はまだできてないんだろ。余計なことを考えてる暇《ひま》はないと思うが」

その通りだった。昨日の達哉との稽古《けいこ》では、涼子は打ち込まれるばかりで近寄るのもひと苦労という有り様だった。剣道《けんどう》の有段者とはいえ、初めて薙刀を持った達哉にさえ圧倒《あっとう》されていては勝負にならない。涼子は頭を抱《かか》えた。

「ビデオは観《み》たのか？」

「観ましたけど、薙刀は出てきませんでしたよ。あんな修行《しゅぎょう》をするにしても一週間じゃ間に合わないし……結局、ヒントって何なんです？」

「そりゃ注目するところが違《ちが》うな。もう一度見直せ。そしたら分かるさ」

達哉は素直《すなお》に教えるつもりはないらしく、史織の方に顔を向けた。

「しかし薙刀ってのも実際《じっさい》に使ってみると案外面白《おもしろ》いな。剣道とは間合いも構えも違っていて研究し甲斐《がい》がありそうだ。でもまあ、俺が使いこなせるようになっても出番はなさそうだが……」

「あら、どうして？」

「男が薙刀持っても様にならないだろ？　女がやるものってイメージが付きすぎてる」

「武蔵坊弁慶《むさしぼうべんけい》は？」

「弁慶の武器って薙刀だっけか？　長巻《ながまき》だったような気もするが……どっちにしても柄《がら》じゃないな」

「じゃあ、奥女中役にでも挑戦《ちょうせん》すれば？」

史織のアイデアに、達哉はポンと手を打った。

「なるほどその手もあるか……って、奥女中《おくじょちゅう》って何だよ⁉」

「大奥とかで働く女中のことよ」

「あのな、大奥ものの舞台《ぶたい》が高校の演劇部《えんげきぶ》の規模《きぼ》でできると思うか？　衣裳《いしょう》が大変だろうに。やるにしても男が見に来ないし」

達哉の反論《はんろん》はどこか論点がずれていた。実現可能《じつげんかのう》なら奥女中役を真剣《しんけん》に考えていいとも受け取れる口ぶりである。しかし大奥もののストーリーでは結局のところ薙刀の活躍《かつやく》する場面はほとんどないだろう。

二人の会話をよそに悩《なや》み続ける涼子の肩《かた》を、ひとみが摑《つか》んで揺《ゆ》すった。

「涼子ちゃん！　ちょっと気付いたことがあるんだけど」

「何よ？」

「ポスターをよく見て。日付と時間はあるけど、対戦の場所は書いてないわ。それにKファイトだとも書いてないし」

「だから……？」

「対戦の時間はともかく、場所は涼子ちゃんの好きに選んでいいんじゃないかしら？」

「――――!?」

涼子は立ち上がってポスターを見た。

確《たし》かに日時は書かれているが、それ以外には何の指定もない。穿《うが》った見方をすれば、『美しき挑戦者現《あらわ》る！』という言葉の指している『挑戦者』が霧林あずみだとは一言も書かれていないとも指摘《してき》できる。つまりこのポスターに涼子が行動を縛《しば》られる理由はどこにもないのだ。

涼子は一縷《いちる》の光明を見いだした気がした。

「そうよ！　たかがポスター一枚《まい》に何を心配することがあろうか⁉」

校内には何十枚も張り出されていることを忘《わす》れて涼子は自分を奮《ふる》い立たせた。ひとみの手を取り握《にぎ》り締《し》める。

「ありがとう、ひとみ！　あんたの言う通りだわ。対戦の場所はあたしが決める！」

しかし翌《よく》火曜日——涼子は、その発見がただのぬか喜びに終わったことを知った。しかも掲示板《けいじばん》には昨日のポスターの上に第二弾《だん》のポスターが新たに張り出されていた。しかもこちらには『体育館特設《とくせつ》会場にて』の一文が記されている。

「しまった……早くも手を打たれたわ」

「そう？　どう見ても予定の行動に思えるけど」

ポスターを前にうなだれる涼子に、ひとみは冷静に突《つ》っ込んだ。大作の広告戦略《せんりゃく》は情報を小出しにして土曜日のKファイトへの期待感を煽《あお》ることにある。当然の成り行きだった。

「霧林さんに連絡《れんらく》しなかったの？」

「それが出来れば……」

涼子は肩を落とした。電話をしようにも涼子はあずみの家の電話番号を知らなかった。知っているのは連絡《れんらく》役を買って出た大作である。Kファイトを回避《かいひ》しようと考えている涼子が、当の大作にそれを訊くわけにもいかなかった。ついでに言えば大作の電話番号すら涼子は知らないのだ。

さらに翌水曜日には、大作特製《とくせい》Kファイト宣伝ポスターの第三弾がお目見えした。

今度は一度に二種類である。

縦長《たてなが》のポスターで、それぞれ涼子とあずみの全身を写した写真を使っている。あずみが薙刀を持っていることで使う武器が明らかになり、木刀を使う涼子に対して有利であることも宣伝文句《せんでんもんく》に盛《も》り込《こ》まれていた。

さらに昼休みには放送部による特番が組まれ、来たる土曜日のKファイトについての宣伝が全校に流された。謎《なぞ》の挑戦者についてはA・Kというイニシャルと、都内の有名女子校に通うお嬢様《じょうさま》であることが公表された。

これによって生徒たちのKファイトへの期待感は一層《いっそう》過熱した。

用心棒《ようじんぼう》として腕《うで》を鳴らした涼子に対し、一見して清楚可憐《せいそかれん》なお嬢様がいかなる闘《たたか》いを見せるのか――誰もが対戦の行方《ゆくえ》を予想し、議論を闘わせた。

☆

「はあ……凄《すご》いことになってるわねえ」

木曜日の休憩時間《きゅうけい》——廊下《ろうか》に貼《は》り出された第四弾《だん》ポスターを眺《なが》めながら、ミサティーこと青木美沙緒《あおきみさお》は感嘆《かんたん》のため息をもらした。

第四弾ポスターは写真ではなく、涼子とあずみが正面から激突《げきとつ》する様を描《えが》いた美術部入魂《にゅうこん》のイラストで、欄外《らんがい》には『※対戦予想図です』との但《ただ》し書きが付いている。加えてポスターの下には名刺《めいし》サイズの用紙が付いており、予想される勝者の名前にマルを付けて投票する仕様になっていた。その結果を元にオッズを決めるらしい。

美沙緒にしてみればどちらが勝つかという興味より先に、バイオレンス上等な人種である御剣涼子に挑戦しようという人物の存在《そんざい》自体が信じられなかった。

ズン、ズン、ズン、ズン……

床《ゆか》を踏《ふ》みしめるような足音が聞こえてきた。

何事かと振《ふ》り向いた美沙緒は血相を変えた。

険《けわ》しい形相の涼子が廊下の向こうから歩いてくる。

美沙緒は回れ右をしてそそくさと逃《に》げ出したが、涼子は確実《かくじつ》に追ってきた。美沙緒はほとんど小走りになったが、そもそもコンパスが違う。早足の涼子はあっさり美沙緒に追いつくと、廊下の隅《すみ》に追い詰《つ》めた。

「青木先生」

「は、はいぃぃっ！」

「あの赤ザルはどうしたんですか？」

「あ、あ、赤ザルって⁉」

「赤ザルといえばあの野人に決まってるじゃないですか！」

涼子は壁《かべ》に掌《てのひら》を叩《たた》きつける。美沙緒は縮《ちぢ》み上がった。

「く、草薙君がどうかしたの？」

「何をやってるのかと訊《き》いてるんです」

「ええと……何って、ここ最近は大人しくしてるみたいだけど」

「それじゃ困《こま》るんです！」

言っていることは訳が分からないが、涼子の顔は真剣《しんけん》そのものだった。

「あいつが持ち前のトラブルメーカー魂《だましい》を発揮《はっき》して不祥事《ふしょうじ》の一つも起こしてくれないと、世間の注目がこっちに集まりっぱなしになるじゃないですか！　いっそあの野人が何人か殺してくれれば……」

「ダメダメ、それはダメよ！」

美沙緒は必死に止めた。不祥事どころか大事件《じけん》である。

しかし涼子は冗談《じょうだん》ではなく本気で苦悩《くのう》しているようだった。

「草彅君なら、御剣さんのKファイトを楽しみにしてるわよ。毎日新しいポスターを集めてるし……」

「楽しまれちゃ困るんです。こっちは見世物じゃないってのに！」

美沙緒にとっては意外な言葉だった。

「御剣さんは対戦を承諾《しょうだく》したんじゃないの？」

「承諾はしました。でもこんな大袈裟《おおげさ》なイベントに仕立て上げられるのはまっぴらなんです」

「いつも用心棒として人前で闘ってるんだから、あんまり違わないと思うけど」

「違います！　彼女との勝負はもっとこう……純粋《じゅんすい》なものなんです。こんなお祭り騒《さわ》ぎのネタにされるのは不本意です」

確《たし》かに環境《かんきょう》が違えば気分も変わり、集中力にも影響《えいきょう》が出る。音楽をやってきた美沙緒にはなんとなく理解できる話に思えた。

演奏会《えんそうかい》とは違って必ずどちらかが敗者となる勝負事である。ナーバスになるのは仕方のないことだった。

「でも意外ね。自信満々かと思ったけど、そうでもないんだ」

「……何がですか？」

「だって、みんなの見てる前だと緊張《きんちょう》するから……でしょ？」

涼子の片眉《かたまゆ》がピクリと動いた。

「あたしが怖気《おじけ》づいているとでも⁉」

「そ、そうは言ってないけど――」

「同じことじゃないですか！」

いきり立つ涼子に怯《おび》えながら、美沙緒は自分の失策《しっさく》を悟《さと》った。刺激《しげき》するような言葉をうっかり口に出すべきではなかった。

（うえ〜〜ん、誰《だれ》か助けて〜〜っ！）

美沙緒の心の叫《さけ》びは誰の耳にも届《とど》かなかった。

三

金曜日の昼休み――
校長室の扉《とびら》を乱暴《らんぼう》にノックする音が響《ひび》いた。

「誰かね？」

「──一年の御剣です！」

「入りたまえ」

校長が入室を許可《きょか》すると、扉が開いて涼子が入ってくる。しかし入ってきたのは涼子一人ではなかった。涼子に襟首《えりくび》を摑《つか》まれた大作も一緒《いっしょ》である。

マホガニー製のデスクに腰《こし》を落ち着けている藤堂《とうどう》校長は、サングラスの奥《おく》の目を鋭《するど》く細めて涼子を見た。

「何の用だね？」

「それはこいつに訊いてもらいたいわね！」

涼子はデスクの上に叩《たた》きつけるように大作を突《つ》き飛ばした。大作の持っていた写真がデスクに散らばる。涼子はそれを手に取り、藤堂の目の前に突き出した。

それは涼子とあずみのブロマイドだった。これが販売されているところを発見し、遂《つい》に涼子の堪忍袋《かんにんぶくろ》の緒《お》が切れたのである。

「これは何ですか！」

「見て分からんかね。ブロマイドというものだ」

「んなこたあ分かってます！　どういうつもりかと訊いているんです！」

「まあ落ち着きたまえ。これも宣伝《せんでん》活動の一環《いっかん》だ。私が特別に許可したものだよ」

涼子の剣幕《けんまく》にも、藤堂は一切《いっさい》動じなかった。

「しかし……ここに来るのが意外と遅《おそ》かったな。私は君が、もう少し早い段階でここに怒《ど》鳴《な》り込んで来るものと思っていたのだがね」

「じゃあ、今回のことはすべて校長先生が仕組んだことですか⁉」

「仕組んだとは人聞きが悪いな。私が指示《しじ》したのは、君と霧林あずみの対戦をKファイトとしてプロデュースし、大々的に宣伝することだ」

「あたしの方にはそんなことを頼《たの》んだ覚えはありませんけど」

「もちろん、私のアイデアだよ」

確信犯《かくしんはん》的発言に、涼子は気勢《きせい》を削《そ》がれた表情《ひょうじょう》になった。

「ソファーに座《すわ》りたまえ。話したいことがある」

「結構《けっこう》です。ここで伺《うかが》いますから」

涼子は『納得《なっとく》できる話を聞くまではテコでも動かない』とでも言うように腕組《うでぐ》みして藤堂を見下ろした。藤堂はデスクに両肘《りょうひじ》をつき、組み合わせた両手の上に顎《あご》を乗せる。

「よろしい……それではまず訊こう。君はKファイトの現状をどう捉《とら》えているかね？」

「さあ？　あたしにとってはどうでもいいことですけど」

「どうでもいいのであれば、何故《なぜ》用心棒として参加している？　形はどうあれ君はKファイトのシステムを積極的に利用している一人だ」

「お言葉ですけど、あたしはKファイトのあるなしにかかわらず、自分のやりたいことはやります」

「しかしKファイトがあった方が都合のいいことも多いのではないかね？」

涼子はますます不機嫌《ふきげん》な顔になった。こういった問答はあまり好きではない。

「面倒《めんどう》なことは嫌《きら》いです。仰《おっしゃ》りたいことはストレートに願います」

「Kファイトの発想自体には共感する面もあるが、現状には満足すべきところは少ない。むしろ弊害《へいがい》ばかりが目立っている——そうは思わんかね？」

涼子は答えなかった。概《おおむ》ねその通りではあるが、藤堂の言説に乗るのは癪《しゃく》だった。

「Kファイトが現在のような状況《じょうきょう》に陥《おちい》るであろうことは私も当初から予測《よそく》していた。Kファイトの長所と短所、ルール上の問題点等はすでにほとんどの生徒が気付いている。君の用心棒としての活動はKファイトの欠点を補《おぎな》うためのものだ。結果的に図《はか》らずもそうなったのではなく、君はその必要性を感じてみずから行動で示《しめ》した。だからこそ生徒たちも君を支持《しじ》しているのだ」

「買いかぶりすぎでは？」

「そうは思わんね」

藤堂は涼子の腹《はら》の底を見透《みす》かしたように不敵《ふてき》に微笑《ほほえ》む。

「Kファイトの効用《こうよう》と弊害の両方を生徒たち全員が理解《りかい》しはじめた今こそ、次のステップへと進む時機だと私は考えている。だが、そのためには節目となるイベントが必要だ。そして君と霧林あずみの対戦は、まさにそれに打って付けだと感じたのだよ」

「だから宣伝を？」

「そうだ。今度の対戦は全校生徒が目撃する必要がある。それだけの価値《かち》のある対戦だと私は考えている」

その言葉に、涼子は怪訝《けげん》な面持《おもも》ちになったが、内心では面映《おもは》ゆい気分になっていた。ここまで自分が高く評価《ひょうか》されているとは思いも寄《よ》らなかったからだ。自分が用心棒をやっている本当の理由についても校長はお見通しだった。自分自身ですら言葉では言い表しにくい動機を、こうもはっきり指摘《してき》されては驚《おどろ》くより他《ほか》ない。

「ただ……今回のKファイトについては私にも懸念《けねん》はある」

「何がですか？」

「薙刀《なぎなた》が相手では木刀は不利だ。よもや五分も保《も》たないということはあるまいな？」

「――――!?」

涼子は話の雲行きが変わったのを察した。サングラスの奥の目が、自分を値踏《ねぶ》みしているように思える。

「よしんば負けたとしても君と霧林あずみとの勝負は一勝一敗になるだけだが、だからといって簡単《かんたん》に決着がつくようでは困る。君にはKファイト史上最もハイレベルな闘《たたか》いを存分に見せてもらいたいのだ。くだらない人間のくだらない小競《こぜ》り合いに飽《あ》き飽きした、我《わ》が校の生徒たちの目に焼き付けるためにな」

「見てるだけのくせに無茶な注文を仰る」

「宣伝活動にはずいぶんと予算を割《さ》いた。元が取れなければ困《こま》る」

「期待するのはそちらの勝手。あたしは自分の闘いをやるだけです」

口ぶりは素《そ》っ気ないが、涼子はすでに怒《いか》りを忘《わす》れていた。

「それでは失礼します。対策を練らなければならないので」

涼子は踵《きびす》を返して校長室を後にした。頭にあるのは明日のことだけだった。

四

明けて土曜日——Kファイト当日。

午後二時半。リムジンで正門前までやってきた霧林あずみは、大門高校の生徒たちの歓《かん》迎《げい》ぶりに面食らった。

　正門から体育館まで続くルートには赤絨毯《じゅうたん》が敷き詰《つ》められ、ブラスバンド部が演奏《えんそう》する中をあずみは案内された。赤絨毯の両脇《りょうわき》には見物の生徒たちが詰《つ》めかけ、中にはいつの間にか結成されたファンクラブの応援旗《おうえんき》も掲《かか》げられている。

　あずみは先導《せんどう》する大作に小声で訊《たず》ねた。

「あの……この学校はいつもこんな調子なのですか？」

「そりゃあ、霧林さんは大切なお客様ですから、これぐらいの歓迎は当然ですよ」

　やりすぎ感が漂《ただよ》う盛《も》り上がりに自分でも呆《あき》れながら、大作は平静を装《よそお》って答えた。

「更衣《こうい》室《しつ》は演劇部《えんげきぶ》の方が用意してくれました。これから案内しますが……」

　大作はあずみが携《たずさ》えている細長いバッグに目を向けた。一メートル強の長さがある。

「少し短いようですけど、中身は薙刀《なぎなた》ですか？」

「ええ。柄《え》の中央で二分割する方式の物を新調しました。以前使っていた三分割式の物だと強度の点で少々不安がありましたので」

「今回の対戦は長丁場《ながちょうば》になると？」

「それは彼女の出方次第《しだい》です。ですが勝負においては万全を期するのが武人《もののふ》の心得というもの」

「なるほど……」

更衣室で着替《きが》えを済《す》ませたあずみは、試合開始一〇分前にKファイトの舞台《ぶたい》となる体育館に姿《すがた》を現《あらわ》した。

身に着けた上衣《うわぎ》と袴《はかま》はともに新品の純白。赤い襷《たすき》を掛《か》けて袖《そで》をからげている。手甲《てっこう》と脛《すね》当《あ》てを着け、額《ひたい》には鉄板を縫《ぬ》いつけた鉢《はち》巻きを巻いているが、防具《ぼうぐ》としては充分《じゅうぶん》とは言い難《がた》い。薙刀を扱《あつか》うのに邪魔《じゃま》にならない最小限《さいしょうげん》の装備《そうび》だった。

宣伝通りの凛々《りり》しくも美しい挑戦者《ちょうせんしゃ》の登場に、大入り満員の生徒たちから割れんばかりの拍手《はくしゅ》と歓声が上がった。予想もしなかった熱烈《ねつれつ》な歓迎に気圧《けお》され、あずみは緊張《きんちょう》を隠《かく》せない面持ちで試合場に足を踏み入れた。

『噂《うわさ》に違《たが》わぬ美しき挑戦者・霧林あずみ――堂々の入場です！　霧林流薙刀術免許皆伝《めんきょかいでん》の腕前とのことですが、取り立てて体力に恵《めぐ》まれているようには見えません。それどころか見目麗《みめうるわ》しき大和撫子《やまとなでしこ》の鑑《かがみ》といった風情《ふぜい》すら漂《ただよ》わせております！　果たして大門高校の誇《ほこ》る電光石火の用心棒・御剣涼子を相手にどんな闘いを見せてくれるのでありましょうか？　第一回Kファイトスペシャルマッチ以来の大イベントとなりました今回の対戦、実況《じっきょう》はわたくし放送部二年の藤島夏美《ふじしまなつみ》、解説は毎度お馴染《なじ》み藤堂鷹王《とうどうたかお》校長でお送り致《いた》します！』

午後三時――試合開始時刻《じこく》の直前になって、涼子は試合場に姿を現した。

見物の生徒の間からどよめきが起きた。

涼子が薄汚《うすよご》れた黒い上衣に黒袴——つまり用心棒の恰好《かっこう》で現れたからである。

純白で揃《そろ》えたあずみとは好対照ではあるが、これではなんとなく涼子の方が悪役に見えてしまう。

試合場で涼子と向き合ったあずみは深々と一礼する。しかし顔を上げた時、あずみは涼子の奇妙《きみょう》な動きに怪訝《けげん》な顔つきになった。

涼子がおもむろに袖の中から砲丸《ほうがん》を思わせる黒い球体を取り出したからである。

表面に白いドクロが描《えが》かれた、アナクロな爆弾《ばくだん》そっくりの球だった。

涼子はドクロ玉を左手に掲《かか》げ、右手に持ったライターで球から伸《の》びている導火線《どうかせん》に点火した。導火線は火花を上げて燃《も》えはじめた。

「み、御剣さん……それはいったい!?」

あずみの問いを無視《むし》して、涼子はドクロ玉を目の前に転がした。

BOM!

ドクロ玉が爆発《ばくはつ》し、多量の白煙《はくえん》が噴《ふ》き上がった。

白煙はたちまち試合場を覆《おお》い、あずみの視界から涼子の姿が消える。あずみは上衣の袖で口元を覆《おお》いながら、涼子の奇襲《きしゅう》を警戒《けいかい》した。

『——霧林あずみ！』

拡声器《かくせいき》を通した涼子の声が体育館に響《ひび》く。涼子は体育館の出口付近に移動《いどう》していた。

『あたしを捕《つか》まえられるかな⁉』

涼子はそう挑発すると、拡声器を置いて体育館の外へ飛び出した。

あずみを含《ふく》む体育館にいた者たち全員が、その行動に愕然《がくぜん》となった。

『な……何ということでしょう！　御剣涼子、意外な……あまりに意外な行動！　いったいどういうつもりなのか〜〜ッ⁉』

騒然《そうぜん》となる会場の中で、最初に動いたのはあずみだった。薙刀を脇《わき》に抱《かか》えると、涼子を追って体育館から出て行く。

『おお〜〜っと、挑戦者の霧林あずみも飛び出して行ってしまいました！　残された我々はどうすればいいのでしょうか？』

『決まっているだろう。追うしかあるまい』

藤堂の一言で全員の行動は決まった。

Kファイト実行委員会スタッフ、そして観客全員の大移動《いどう》が始まった。

☆

体育館を出てすぐに、あずみは涼子の姿を見失って立ち止まった。

辺りを見回すと、外にいた生徒たちが自分と、校舎《こうしゃ》の方に交互《こうご》に視線を送っている。あずみはその方角に涼子が逃《に》げたのだと察した。

小走りに歩を進め、校舎の角を曲がろうとしたその時——何かが風を切る鋭《するど》い音を耳にして、あずみは反射《はんしゃ》的に飛び退《の》いた。

飛び出してきたのは槍《やり》の穂先《ほさき》だった。

木製の練習用だが、ただの槍ではない。穂先の根本には垂直に横棒が通っていて十字型になっている。

「よくぞ避《よ》けた！」

槍を構えた涼子があずみの前に現れた。穂先を含《ふく》めた槍の全長は二三〇センチ以上あり、あずみの薙刀よりもやや長い。

「どういうおつもりですか？」

「Kファイトの戦場は大門高校の敷地《しきち》内ならどこでもいいし、使っていい武器も木刀だけと指定されてるわけじゃなし」

「なるほど……武器が長ければ勝てると？」

「試《ため》してみるまでよ！」

涼子は槍を繰《く》り出した。あずみはふわりと飛ぶように後退《こうたい》して間合いを外す。

間もなく、見物の生徒たちとともに実況の夏美と解説の藤堂校長が現場に駆《か》けつけた。

『なんと、いきなり始まっております！　御剣の武器は木刀ではなく長槍のようですが』

『あれは宝蔵院《ほうぞういん》流の十字鎌槍《じゅうじかまやり》だな』

『やはりリーチの長い方が有利ということでしょうか？』

『基本《きほん》的にはそうだが……似《に》たような武器同士なら当然その扱《あつか》いに慣《な》れている者の方が強い。しかもただの槍ではなく鎌槍だからな』

『普通《ふつう》の槍とどう違うのですか？』

『見ていれば分かる』

素早《すばや》い突《つ》きを続けざまに繰り出す涼子に対し、あずみは冷静に穂先を払《はら》って凌《しの》いだ。身《から》体《だ》の中心線を狙《ねら》ってくる槍を、ボクシングのスウェーバックに似《に》た体捌《たいさば》きでやり過《す》ごす。

突きをことごとく躱《かわ》された涼子は、槍を水平に振《ふ》るってあずみの足元を払った。十字型の穂先を引っかければそのまま転倒《てんとう》させることもできる。

ガツッ！

あずみは薙刀の石突きを地面に立てて穂先を受けた。

槍を戻《もど》そうとした涼子は手元に思わぬ抵抗《ていこう》を感じた。鎌槍の穂先から左右に突き出た鎌の部分が薙刀の石突きに引っかかっている。すぐに逆方向に振れば外れるのだが、使い慣れていない武器のためとっさの判断ができず、涼子はつい強引《ごういん》に引っ張ろうとした。

その隙《すき》を見逃《みのが》さず、あずみは槍の穂先を踏みつけて封《ふう》じた。槍を摑《つか》む涼子の手がずしりと重くなる。

「このまま互《たが》いに攻撃《こうげき》に移《うつ》れば、私の方がわずかに速い……そうは思いません？」

「そのようね」

「では、勝負はついたと考えてよろしいですわね」

「そいつはちょっと気が早いんじゃない？」

涼子は不敵《ふてき》に微笑《ほほえ》むと、槍から手を放した。

「なっ⁉」

驚《おどろ》くあずみを尻目《しりめ》に、涼子はくるりと背《せ》を向けて脱兎《だっと》のごとく逃《に》げ出す。

『ああ〜っと、再《ふたた》び逃走《とうそう》です！　御剣、槍をあっさり諦《あきら》めて逃げ出しました‼』

『うむ……ずいぶんと思い切りのいい逃げっぷりだな』

人垣《ひとがき》を破《やぶ》って逃走を図《はか》った涼子を、あずみも今度は即座《そくざ》に追跡《ついせき》した。

涼子は中庭を突っ切り、文化系《けい》サークル棟《とう》のプレハブの角を曲がる。あずみはわずかに眉《まゆ》をひそめたが、そのまま速度を緩《ゆる》めずに後に続いた。

警戒《けいかい》していた曲がり角の奇襲《きしゅう》はなかった。しかし涼子の姿《すがた》も消えている。

あずみは油断《ゆだん》なく左右に視線《しせん》を走らせた。通用門の方へまっすぐ延《の》びる砂利道《じゃりみち》の左手にはサークル棟、右手には木立。ものの数秒で身を隠《かく》せる場所は限《かぎ》られている。

あずみは桜《さくら》の木の幹《みき》の陰《かげ》から薄汚《うすよご》れた黒い布《ぬの》がはみ出しているのに気付いた。涼子の穿《は》いていた袴《はかま》の裾《すそ》にほぼ間違《まちが》いない。幹は人ひとり隠れるのに十分な太さがあったが、袴姿では隠れきれなかったようだ。

あずみは気付かぬふりをしてその横を通り過《す》ぎようとした。霧林流には背後《はいご》からの攻撃に対応《たいおう》する技《わざ》もある。攻撃してくる方向さえ分かっていれば背を向けていても不利にはならないという自信があった。

涼子は奇襲のつもりで仕掛《しか》けてくるだろうが、逆《ぎゃく》に返り討《う》ちにしてくれる——その心づもりでいたあずみは、しかし、不意に別の気配を察知して鳥肌《とりはだ》立った。

地面に落ちているサークル棟の影《かげ》が動いたのだ。

(——屋根の上に誰かいる!?)

頭上を振り仰《あお》いだあずみが目にしたのは、サークル棟の屋根から身を躍《おど》らせる涼子の姿だった。

飛び退いたあずみの足元に黒い鞭《むち》のような物が叩《たた》き付けられる。

「ちっ！」

着地した涼子は鞭状の武器を手元に引き戻した。鞭と見えた武器の正体は先端《せんたん》に分銅《ぶんどう》の付いた鎖《くさり》だった。鎖のもう一方の端《はし》は涼子が左手に持った鎌の柄《え》につながっている。いわゆる鎖鎌だが刃《は》は付いていない。鎌の刃の部分も木で作られた稽古《けいこ》用である。

涼子は忍者《にんじゃ》風の装束《しょうぞく》に着《き》替《が》えていた。上衣《うわぎ》と袴の下に着込んでいたらしい。

『これはどうしたことでしょうか！　いつの間にやら忍者に変身した御剣、今度は鎖鎌で挑戦《ちょうせん》です！』

観客とともに追ってきた実況《じっきょう》の夏美が声を荒《あら》らげた。

『校長、薙刀に対して鎖鎌という武器の選択《せんたく》はどうなんでしょうか？』

『悪くはないが、難《むずか》しいぞ。相手にダメージを与《あた》えるための武器ではないからな』

『と、言いますと？』

『鎖鎌は防御《ぼうぎょ》に優《すぐ》れた武器だ。基本《きほん》的に鎖を絡《から》めて相手の武器を使えなくしておいてからとどめを刺《さ》すという戦法になる。直接《ちょくせつ》的な打撃力で相手をKOするには不向きだな』

『ではこの場合、相手を身動きできなくすれば勝ちということに？』

ヒュン！

涼子が右手で振り回していた鎖を投げた。分銅付きの鎖は薙刀《なぎなた》の柄ごと、それを摑《つか》んでいるあずみの右手首に巻《ま》きつく。

涼子が鎖を引くと、あずみはそれに合わせて踏《ふ》み込んだ。鎖に抵抗するよりも先に仕掛ける方を選んだのだ。

薙刀を横薙ぎに払《はら》う。涼子は上下にピンと張った鎖で刀身を受けると、そのまま間合いを詰《つ》めてきた。

あずみは踏み込みを止めて後退した。薙刀を引き寄せ、首を刈《か》るように打ち込まれてきた鎌を防《ふせ》ぐ。さらに後退して間合いを取ろうとしたが、鎖に右手を引かれて前のめりに体《たい》勢《せい》を崩《くず》した。

（いけない！）

涼子が想像《そうぞう》以上に鎖鎌の戦法を研究していることを知り、あずみは焦《あせ》った。薙刀を持つあずみがどう対応するかをあらかじめ予測《よそく》していた動きである。

あずみは薙刀を前方に立てたまま走った。攻撃はせず、薙刀で防御《ぼうぎょ》しながら涼子の横を駆《か》け抜《ぬ》ける。その間に右手首に絡《から》んだ鎖を解《と》いて外した。

向き直ったあずみは、視界に飛び込んできた影《かげ》を見て反射《はんしゃ》的に薙刀を振《ふ》るった。

ガッ！

薙刀が叩《たた》いたのは鎖だった。

しかも、その先端《せんたん》に付いていたのは分銅ではなく鎌の方である。大きな弧《こ》を描《えが》いて振り回された鎌は、鎖の半ばを叩かれたことで回転半径が小さくなり、鋭《するど》く回転してあずみの鼻先をかすめた。そのまま薙刀の柄に絡みつく。

涼子はさらに分銅の方を投げた。鎖があずみの身体《からだ》を二周して巻き付く。あずみは薙刀を動かそうとしたが、巻き付いた鎖に引っかかって自由にならない。

「────フッ」

涼子はしてやったりという笑《え》みを浮《う》かべると、再び背を向けて走り去った。

「おっ、お待ちなさ……」

あずみは鎖を解いて追いかけようとしたが、解けきっていない鎖に足を取られて前のめりに転倒《てんとう》した。

『おお～っと、コケました！　霧林あずみが鎖鎌に蹴《け》つまずいてコケています！　いま攻撃《こうげき》すれば労せずして勝てそうに思えますが当の御剣はなぜか逃げている～!!　いったいどういうつもりなのでしょうか!?』

『鎖鎌で決着をつけるつもりはなかったようだな。しかし……やれやれ、また追いかけることになるのかね?』

校長のボヤキに耳を貸している暇《ひま》もなく、あずみは起きあがって涼子の後を追った。

勘《かん》を頼《たよ》りに正門の方に進むと、右手の植え込みから黒装束の人影《ひとかげ》が飛び出してきた。即《そく》座《ざ》に薙刀で叩き伏《ふ》せるが、手応《てごた》えが軽い。見ると、藁《わら》の束に忍者の衣装を着せた代物《しろもの》だった。

「ハッ、これは空蝉《うつせみ》!?」

「——隙《すき》ありィィィッ!」

左手の植え込みから躍《おど》り出た涼子の第一撃を、あずみは辛《かろ》うじて薙刀の柄で受け止めた。

「ハイ、ハイ、ハイ、ハイ——ッ!」

踏み込みながらの容赦《ようしゃ》ない連続攻撃。あずみは斜《なな》め後方に体を躱《かわ》して軸《じく》をずらしながら凌《しの》ぎ、薙刀を水平に払って相手が足を止めた瞬間《しゅんかん》、飛び退《の》いて間合いを取った。

「意外にしぶといわね」

隙を突《つ》きながら仕留められなかった口惜《くや》しさを噛《か》みつぶしながら、涼子は右手に持った武器を8の字に振り回した。

十字鎌槍《かまやり》、鎖鎌に続く涼子の第三の武器は中国武術で使われる柳葉刀《りゅうようとう》だった。武器に合わせて衣装も黒地のクンフースーツに着替《きが》え、ポニーテールを団子《だんご》に結《ゆ》っている。

「次から次へと……よくやれるものですね」

あずみの言葉には非難《ひなん》とともに揶揄《やゆ》するような響《ひび》きがあった。あずみから見れば涼子の趣向《しゅこう》はおよそ悪ふざけ以外の何物でもない。

「あなたは何でも形から入る方ですか？」

「気分の問題よ」

言うと、涼子は短く鋭い跳躍《ちょうやく》から柳葉刀を打ち込んだ。

二人の周囲にはたちまち人垣《ひとがき》が出来、実況解説コンビも駆けつける。

『ほう、今度は中国の刀かね』

『いわゆる青竜刀《せいりゅうとう》ですね』

『いや、日本ではその名で呼ばれることが多いが間違いだ。青竜刀とは三国志演義《さんごくしえんぎ》で有名な関羽《かんう》が使った青龍偃月刀《せいりゅうえんげつとう》のことを指す。片手で振り回す刀でなく長大な大薙刀だ』

『では御剣が持っている武器は何と？』

『単に刀という』

『それはつまらないですねえ』

『つまるつまらんはこの際問題ではあるまい』

『大問題ですよ。ただの刀だと聞いている方には日本刀のイメージしか伝わらないじゃないですか。中国剣《けん》とでも言えばいいんでしょうか』

『それも違う。中国では剣と刀は明確《めいかく》に区別される。両刃《りょうば》のものを剣、片刃《かたば》で刀身に反《そ》りがあるものを刀という。反りのない直刀というものもあるが――』

藤堂校長が武器に関する蘊蓄《うんちく》を披露《ひろう》している間も、涼子とあずみの激《はげ》しい攻防《こうぼう》は続いていた。

懐《ふところ》に入りたい涼子に対し、あずみは薙刀の間合いをキープしようと動く。

日本刀を模《も》した木刀とは違って柳葉刀は全長がやや短く重量も軽い。非常《ひじょう》に素早《すばや》い攻撃が可能《かのう》な反面、より深く踏み込む必要があったが、涼子は息もつかせぬ積極的な攻《せ》めで反撃の隙を与えなかった。

『霧林あずみ、ほとんど防戦一方です！　御剣、このまま押《お》し切るか!?』

『とりあえず闘《たたか》えてはいるが……まだまだだな』

『まだまだですか？』

『中国武術における武器の扱《あつか》いの特徴《とくちょう》が何か知っているかね？』

『存《ぞん》じません。もったいぶらずにとっとと教えてください』

『中国武術において武器は手の延長と考える。槍《やり》などの長い棒状《ぼうじょう》の武器――例えば棍《こん》を打ち込む場合は拳《こぶし》による突きと同じ技術《ぎじゅつ》を使う。刀剣で斬《き》る場合も手刀と同様だ。つまり徒手による格闘《かくとう》の技術がそのまま武器の扱《あつか》い方に応用されるわけだ。徒手も武器も同様に扱う中国武術では、武器を持ったまま拳や蹴《け》りによる打撃の併用《へいよう》も自然にできる。これが日本だと剣で闘う時は剣術を使い、徒手で闘う時は柔術《じゅうじゅつ》を使う、といったようにまったく別の技術を使い分けることになる。御剣君の動きはなかなかだが、なまじ武器の形が似《に》ているだけに剣道の形から抜《ぬ》け出せていないようだな。稽古《けいこ》不足……この場合は功夫《クンフー》が足らんと言うべきかな』

カッッ！

薙刀の一撃を柳葉刀が受け止めた。

薙刀が瞬時に反転して逆方向から石突き部分が襲《おそ》ってくる。涼子は上半身を仰《の》け反らせ、後方に跳《と》び退《すさ》る。

柳葉刀で挑《いど》んだ涼子が後退したのはこれが初めてだった。攻撃し続けるといっても限界がある。息切れして攻撃の手が緩《ゆる》んだのを機に、あずみが反撃に転じたのだ。

あずみが踏み込みながら薙刀を打ち込む。柳葉刀で受けようとした涼子は体勢を崩《くず》し、慌《あわ》てて身体《からだ》ごと躱した。

完全に攻守が入れ替《か》わった。攻めるあずみに対して涼子は躱すばかりで手が出せない。

『どうしたことでしょうか!?　さっきまであれほど調子よく攻めていた御剣が受けに回っ

ています！　攻め疲《づか》れか？』

『どうやら弱点を見抜《みぬ》かれたようだな』

『弱点？』

『片手《かたて》で扱える柳葉刀は素早《すばや》い攻撃《こうげき》が可能《かのう》だが、刃の付いた本物ならまだしも、打撃用の武器としてはやや能力不足だ。防御《ぼうぎょ》の点でもやや難《なん》がある。刀を身体から離《はな》さずに使って防御を兼《か》ねるのが基本的な扱い方なのだが、今の御剣君にそれをやれと言っても無理な注文だな。霧林君も当初はスピードに攪乱《かくらん》されたが、相打ちになっても与《あた》えるダメージの上では薙刀《なぎなた》の方が有利だと気付いたのだろう』

藤堂の指摘《してき》の通り、形勢は完全にあずみのものだった。

柳葉刀では懐《ふところ》に飛び込まないと有効な打撃を与えられない。薙刀のリーチを活かしてじっくり構えられると崩しようもなかった。涼子がもう少し柳葉刀での闘い方に慣《な》れていれば序盤《じょばん》の勢《いきお》いにまかせて一気に押《お》し切ることもできたが、所詮《しょせん》は付け焼き刃《ば》である。

涼子は後方に大きく跳《と》んで距離《きょり》をとると、そのまま背《せ》を向けて逃走《とうそう》を図った。

それを予期していたあずみはすぐに追跡《ついせき》する。今度は足止めされていないため涼子の姿を見失うほどの距離は離されない。着替《きが》えも奇襲《きしゅう》も不可能だった。

「——涼子さん！」

植え込みの陰から顔を出した大作が、長い柄《え》の武器を放《ほう》り投げた。柳葉刀を捨《す》てた涼子はそれを受け取り、背後に迫《せま》るあずみに向き直る。

ガキッ！

正面から打ち込まれた薙刀を、三日月型の刀身が受け止めた。

第四の武器は奇妙《きみよう》な形をしていた。全長二メートルほどの柄の両端《りようたん》に形の異《こと》なる刀身が付いている。一方は三日月型、もう一方はシャベルやスコップを思わせる形をしていた。

『おお〜っと、これは何でしょう？　見たこともない武器の登場です！』

『あれは禅杖《ぜんじよう》だな』

『禅杖？　何だか不思議な形をしていますね』

『三日月型の刃を月牙《げつが》、逆側の斧《おの》の刃を縦《たて》にしたような部分を鏟《サン》という。合わせて月牙鏟というのが正しい呼び名らしい』

『そういえば西遊記《さいゆうき》の沙悟浄《さごじよう》が持っていた武器に似《に》ているような……』

『それが禅杖だ。他に有名どころだと水滸伝《すいこでん》の魯智深《ろちしん》がいるな』

『武器としての性能はいかがなものでしょうか？』

『基本的には棍《こん》と似たような使い方だな。もともとは農機具から発達した武器で、僧侶《そうりよ》に好んで使われたため禅杖と呼ばれている。月牙で藪《やぶ》を刈《か》って道を開いたり、鏟で墓穴《はかあな》を掘《ほ》って屍《しかばね》を埋葬《まいそう》するといった使い方をしていたようだ』

『本当に武器として有効《ゆうこう》なんですか？　巨大《きょだい》な栓抜《せんぬ》きにしか見えませんが』

『うむ……私もショウ・ブラザーズの映画「少林寺《しょうりんじ》三十六房《ぼう》」の中でリュー・チャーフィーが使ったところくらいしか見たことがないのでね。詳《くわ》しい性能はよくわからん。実物はかなりの重量があるから、自在に扱《あつか》うには相当の腕力《わんりょく》が必要になるだろうが——』

涼子は月牙を刺股《さすまた》のように使い、薙刀を押し返した。

「——むっ！」

薙刀の刀身が戻《もど》ると同時に下から跳《は》ね上がってきた石突《いしづ》きを鏟《サン》で受け止める。あずみが離《はな》れながら薙刀を打ち込むが、涼子は易々《やすやす》とその攻撃《こうげき》を受け、弾《はじ》いた。

月牙を正面に突き出して構《かま》えると、あずみは警戒《けいかい》して間合いを外した。

『霧林あずみ、禅杖に対して攻めあぐねたのか間合いを取りました。先ほどの槍と似たような武器に見えますが、勝手が違《ちが》うのでしょうか？』

『リーチでは薙刀と互角《ごかく》、僧侶が使った武器だけあって防御力は優秀《ゆうしゅう》だな。御剣君も槍の時のように無茶な攻撃はせず、じっくり構えて隙《すき》を見せない。だがそれに臆《おく》したわけではあるまい』

『と、いいますと？』

『霧林君はまだ薙刀使いとしての真の実力を見せていない。ここからが本当の勝負だよ』

藤堂のその言葉に、ざわめいていた観客が静まり、全員の視線《しせん》があずみに集中する。

あずみは薙刀の切っ先を後方に返すと、軽く腰《こし》を落とした。

「──参ります」

あずみは滑《すべ》るように踏《ふ》み込んだ。

薙刀の刃が逆袈裟《ぎゃくげさ》に跳ね上がってくる。

ガッッ！

涼子はそれを月牙で受けた。即座《そくざ》に刃が翻《ひるがえ》り、逆方向からきた石突きの攻撃を鐘で防ぐ。

あずみの動きが変化したのはそこからだった。

足を踏み換《か》え、右半身から左半身に構えを変えつつ薙刀を水平に払《はら》うと、涼子に対して一瞬《いっしゅん》、背《せ》を向ける。

（──なにっ!?）

涼子がその動きに意表を突かれた直後、思いも寄らぬ方向から石突きが突き上げてきた。

涼子は仰《の》け反《ぞ》りながら禅杖でそれを弾く。弾いた直後、薙刀の刀身が右の脛《すね》を打った。

「くっ！」

続け様の攻撃を、涼子は禅杖をオールを漕《こ》ぐように使って防ぐ。

あずみは酔歩《すいほ》のような奇妙な足捌《あしさば》きから、左右の持ち替《か》えと反転を織《お》り交《ま》ぜつつ連続攻撃を仕掛《しか》けた。

一見して優雅《ゆうが》な演舞《えんぶ》のような動きだが、そこから繰《く》り出される攻撃は複雑極《ふくざつきわ》まる軌道《きどう》を描《えが》き、凄《すさ》まじい密度《みつど》と速度を伴《ともな》っていた。どの角度から来るのか予測不可能《よそくふかのう》な連続攻撃に、禅杖による防御《ぼうぎょ》が追いつかず、涼子は腿《もも》と肩《かた》をしたたかに打たれた。

ドスッ！

ひとまず間合いを離《はな》そうとした涼子の胸元《むなもと》に、まるで如意棒《にょいぼう》のように伸《の》びてきた石突きが打ち込まれる。涼子は堪《こら》えようとせずに地面を蹴《け》って後ろに跳び、ダメージを最小限に抑《おさ》えた。

あずみは追撃せず、薙刀の刀身の近くを握《にぎ》っていた手を持ち替えると、乱《みだ》れた髪《かみ》を掻《か》き上げてから八相に構《かま》え直した。

「霧林流〈鵆《ちどり》の舞《まい》〉――不慣《ふな》れなその武器でよくぞ凌《しの》ぎました」

技《わざ》の名を披露《ひろう》したことで観客の間にどよめきが広がった。

『で……出ました！　遂《つい》に霧林あずみが必殺技を繰り出しました!!　いったい何回攻撃したのか分からない、目にも留まらぬ怒濤《どとう》の連続攻撃～～ッ！』

『十七回だな。最初の連携《れんけい》も含《ふく》めた計十九回の攻撃のうち有効打《ゆうこうだ》は四つ。よく凌いだというのはその通りだ。それにしても〈衙の舞〉とは――』

『どういう技なんですか？』

『いや、見るのも聞くのも初めてだが』

『だったら黙《だま》っててください』

『まあ待ちたまえ。私も伊達《だて》に解説者をやっているわけではない。そう……千鳥足という言葉を知っているかね？』

『酔《よ》っぱらいの歩き方ですね？』

『千鳥という鳥は左右の足を交差させて歩く。千鳥掛けといえば糸を斜《なな》めに交差させてジグザグにかがることを言う。あの足の運びと薙刀の描く軌道――その見た目から技の名が命名されたのだろう』

『苦し紛《まぎ》れにそれっぽい説をでっち上げましたね？』

『あながち外れているとも言えまい』

藤堂校長は意地になっているようだったが、技の名前の由来など、対戦中の涼子にとってはどうでもいい話題だった。

どうにか立っていられるものの、最小限《さいしょうげん》のダメージで凌げたのはほとんど幸運のなせる業《わざ》だった。正直もう一度〈衙の舞〉を仕掛けられて見切れる自信はない。よしんば連続攻撃をすべて防御できたとしても反撃の隙《すき》はないだろう。

「その禅杖《ぜんじょう》で再度〈衢の舞〉を受けきれるか——そうお考えなのでしょう?」

あずみは涼子の胸中《きょうちゅう》を見透《みす》かしたように指摘《してき》した。

「よろしければ武器を交換《こうかん》してくださっても結構ですよ。それで〈衢の舞〉を破《やぶ》れる自信がおありでしたら、どうぞ」

お嬢様《じょうさま》の挑発《ちょうはつ》的な台詞《せりふ》に、観客は一気にヒートアップした。涼子はニコリともせずに唇《くちびる》を舐《な》めると、禅杖を地面に突き立てた。

「それじゃあお言葉に甘《あま》えて……大作君!」

「は〜い!」

人垣《ひとがき》をかき分けて飛び出してきた大作が、長さ八〇センチほどの布《ぬの》の袋《ふくろ》を頭上に捧《ささ》げ持つようにして差し出した。

それを受け取った涼子は袋の口紐《くちひも》を解《と》き、中から三本の棍棒《こんぼう》が束になったものを取り出す。棍棒は短い鎖《くさり》で連結されており、両端の棍を摑《つか》んで伸《の》ばすとその全長は二メートルを超《こ》えた。

『おおっ〜と出ました第五の武器! あれなら私にも分かります。ヌンチャクですね?』

『残念、三節棍《さんせつこん》だ。しかしあの武器が出てきたということは……やはり今回の闘《たたか》い方自体、

「少林寺三十六房《しょうりんじさんじゅうろくぼう》」を参考にしていることは間違《まちが》いなさそうだな』

『そのタイトルはさっきも出ましたが、どういう映画なんですか？』

『クンフー映画《えいが》の傑作《けっさく》だよ。清《しん》の将軍《しょうぐん》に家族と友人を殺された主人公が武術《ぶじゅつ》の総本山《そうほんざん》・少林寺に入門し、三十五の修行房《しゅぎょうぼう》での過酷《かこく》な修行を経《へ》て下山、身につけた超人《ちょうじん》的なクンフーの技を駆使《くし》して復讐《ふくしゅう》を果たすといったストーリーだ。禅杖と三節棍は双刀使いの戒律院《かいりついん》住持との試合で用いた武器だな。最初は棍、次に禅杖で挑《いど》むが敗れ、最後はみずから開発した三節棍で勝利を得た』

『すると、かなり強力な武器と考えていいんですね？』

『確かに強力だ。攻撃と防御のバランスに優《すぐ》れ、遠近の間合いを問わない闘《たたか》い方ができる。ヌンチャクにもう一本の棍が加わったその形は、使用者のイマジネーション次第《しだい》でどのようにでも変化する。数ある武器の中でもおそらく最強の部類だろう』

『なるほど、あれなら薙刀《なぎなた》に勝てると？』

『どうかな？　最強の武器といっても使いこなせれば、の話だ。三節棍はとりわけ難度《なんど》の高い武器だ。映画の中では時間の都合で省略《しょうりゃく》されているが、実際《じっさい》は一つの武器の扱《あつか》いに習《しゅう》熟《じゅく》するまでに何か月もの長い時間を費やしている。もし武器を取り替えただけで勝てると考えているなら、それは安直という他《ほか》ないな』

涼子は三節棍の端棍の根本（中棍側）を持ち、二本の棍のように構えた。

踏み込みながらあずみの脛《すね》と面に続けて打ち込む。あずみは下がりながらどちらも薙刀で受け、反撃に上段から面を打った。

カッッ！

涼子は頭上に差し上げた三節棍の中棍で薙刀を受ける。

「――――!?」

一瞬《いっしゅん》、あずみの顔に動揺《どうよう》の色が浮《う》かんだ。しかし身体《からだ》は停滞《ていたい》せず、石突きで脛を狙《ねら》う。

涼子は跳躍《ちょうやく》してその攻撃を避《よ》けると、中棍を摑んで袈裟《けさ》に振《ふ》るった。あずみは薙刀で中棍を受けたが、端棍が鋭《するど》い弧《こ》を描いて肩《かた》を打つ。

「うっ！」

間合いを取ろうとするあずみに、涼子は片手で端棍を摑んで三節棍を大きく振り回した。端棍が薙刀の防御の裏《うら》に回って背中を叩き、あずみの頰《ほお》が痛《いた》みに引きつる。三節棍はすぐに手元に引き戻され、防御の構《かま》えに移《うつ》った。

『三節棍のトリッキーな攻撃がヒット！　霧林あずみに初めてのダメージ!!　いかがですか、御剣の腕前《うでまえ》は？』

『うむ……練習不足のわりには使えているようだな。しかしまだ分からんよ』

藤堂の言わんとしていることは観客も理解していた。〈衜《ちどり》の舞《まい》〉を破れなければ涼子に勝利はない。

あずみが滑《すべ》るような踏み込みから仕掛けた。足を踏み換《か》えながら舞踏《ぶとう》のごとく繰《く》り出す変幻自在《へんげんじざい》の連続攻撃〈衜の舞〉——

涼子は回り込むように後退《こうたい》しつつ、薙刀の刃と石突きを二つの端棍で受けた。禅杖よりも自由度の高い三節棍と涼子の反射神経《はんしゃしんけい》は、目まぐるしく打ち込まれてくる攻撃を的確に防御した。

あずみが背を向ける動作から薙刀を水平に払《はら》う。それを中棍で受けた涼子は、二本の端棍を内側に折りたたむように交差させ、薙刀の刃を捕《と》らえた。

おお、と観客の間からため息がもれる。あずみが〈衜の舞〉を最後まで出し切る前に、涼子が三節棍の特性を利用して薙刀の動きを封《ふう》じたからだ。

「——〈衜の舞〉敗れたり！」

涼子は薙刀を引こうとするあずみの懐《ふところ》に飛び込むと、端棍を脇腹《わきばら》に突《つ》き入れた。

「あうっ⁉」

あずみが身体をくの字に折る。涼子は右手を中棍に持ち替えて、とどめとばかりに打ち下ろした。

ゴツッ！

鈍《にぶ》い音が響《ひび》いた。

しかし、地面に膝《ひざ》をついたのはあずみではなく涼子の方だった。

あずみが反射的に振り上げた薙刀が、偶然《ぐうぜん》かそれとも計算なのか——端棍を打ち返したのだ。逆方向に弧を描いた端棍に脳天《のうてん》を一撃され、涼子の視界《しかい》に火花が散った。

「痛《い》ったあ……」

頭を抱《かか》えてしゃがみ込む涼子。対するあずみも脇腹への一撃が効《き》いたらしく動けない。

『おお〜っと、これはいけません！　御剣、自分の武器で脳天を強打！　これは思わぬ事故《じこ》です!!』

『だから難度が高い武器だと言ったはずだ。素人《しろうと》が使うとこうなる』

直前までの熱狂《ねっきょう》が一転、場の空気は失笑《しっしょう》ムードに変わった。

涼子はよろけながら立ち上がると、人垣を破って逃《に》げ出した。

『御剣、またまた逃走《とうそう》です！　よっぽど痛かったんでしょう。うっすら泣いていたようにも見受けられます』

事情が事情だけに、今度ばかりは周囲の観客の反応も同情的だった。

あずみもダメージ回復のための時間を十分に取ってから涼子の後を追った。

およそ一〇分後――

図書館裏《としょかん》であずみと涼子が再《ふたた》び対峙《たいじ》した時、放送を聞きつけて集まってきた観客の数は倍に膨《ふく》れあがっていた。

現《あらわ》れた涼子を見て、あずみは怪訝《けげん》な表情になった。

涼子は大門高校の制服《せいふく》であるセーラー服に着替えていた。問題は衣装《いしょう》ではなく、武器らしい物を持っていない点である。

よもや徒手空拳《くうけん》で薙刀に挑《いど》むつもりでは――意図を理解しかねて周囲がざわつきはじめた頃《ころ》、涼子が動いた。

スカートのサイドにあるポケットに突《つ》っ込んでいた右手を出し、正面に突き出す。

手を開くと、握《にぎ》られていた丸い銀色の塊《かたまり》が回転しながら垂直に落ちた。一メートルほど下がったところで一秒ほど停滞《ていたい》し、再び掌《てのひら》に戻《もど》ってくる。

それはタイヤに近い形状《けいじょう》をした二つの分厚《ぶあつ》い円盤《えんばん》を中心軸《じく》でつなげ、軸と手の指を凧糸《たこいと》で結んだ代物《しろもの》だった。

『そっ、そんな……いやまさか……でもっ、これは！　この物体には見覚えがあります!!　ヨ、ヨッ……ヨーヨーです！　誰《だれ》がどう見てもヨーヨーです!!　信じがたいことですが、六番目の武器《ぶき》はなんとヨーヨーです！』

興奮《こうふん》する実況《じっきょう》をよそに、涼子はヨーヨーを強く投げ下ろした。

ヨーヨーは糸《ストリングス》の先で空回り《スリープ》し、地面に触《ふ》れると回転力で前に進む——〈犬の散歩〉と呼《よ》ばれるトリックである。

続いて涼子は空回りの状態《じょうたい》から左手の指に糸を引っ掛《か》けて三角形を作り、その中にヨーヨーを振り子のように通した。

『〈犬の散歩〉に続いて〈ブランコ〉成功！　意外にもテクニシャンです！』

涼子の披露《ひろう》するトリックに観客は喜んだが、あずみの方はますます困惑《こんわく》の度を深めた。

「その遊具でどう闘《たたか》おうというのです!?　今度という今度はさすがの私も——」

シュン！

前方に勢《いきお》いよく投げられたヨーヨーが大きな円を二つ描《えが》いて涼子の掌に戻った。あずみは目の前を通過《つうか》したヨーヨーに反応《はんのう》して思わず身を引いてしまい、苦い顔つきになる。

『藤堂校長、黙《だま》ってないでヨーヨーの解説をお願いします。薙刀にヨーヨーで挑《いど》むのはいかがでしょう？』

真面目《まじめ》くさった口調で夏美が訊《たず》ねる。どうせ何も出てこないだろうと高をくくっているのが丸わかりだった。

『よろしい。ヨーヨーの起源《きげん》は紀元前五〇〇年頃《ごろ》のギリシャにまでさかのぼるという説もあるが、現在《げんざい》のヨーヨーの直接《ちょくせつ》のルーツはフィリピンの狩猟民族《しゅりょうみんぞく》が使っていた狩《か》りの道具だとされている。オリジナルはおよそ六メートルほどの長さの紐の先に重りを付けたものだったらしいが、それを小型化した物を狩猟民族の子供《こども》がオモチャとして遊んでいた。それがヨーロッパやアメリカに渡《わた》り現在の形になったようだ。日本にも江戸時代に伝わり、「手車」の名で親しまれたという』

観客の生徒たちから歓声《かんせい》と拍手《はくしゅ》が起きた。予想外の蘊蓄《うんちく》披露に、夏美はムッとした顔で聞き返す。

『それで武器としてはどうなんですか？』

『紐の先に重りとくれば要は鎖分銅《くさりぶんどう》と同じだ。回転することで攻撃力に大きな差はあるまい。飛び道具として使うには糸の長さが少々足りないようだし……もっとも、あのヨーヨー自体が特別な合金でできているなら話は別だがね』

涼子が半歩踏《ふ》み込んでヨーヨーを投げる。あずみは薙刀《なぎなた》の先を糸に引っ掛けて無力化しようとするが、その切っ先は空振《からぶ》りした。

最初の攻撃《こうげき》はフェイントだった。一度間合いに入ったヨーヨーは大きく一回転して戻り、二回転目で薙刀を持つあずみの右手首を打った。回転の勢いを失っていないヨーヨーは自動的に糸を巻いて涼子の手に戻ってくる。

鈍《にぶ》い痛みであずみの手首が痺《しび》れた。たかが遊具とはいえけっこうな重量があるため侮《あなど》れない威力《いりょく》を秘《ひ》めている。

しかしあずみはヨーヨーの弱点も同時に見抜《みぬ》いていた。飛び道具としては初速が遅《おそ》く、遠心力による加速がなければ十分な威力は望めないという性質《せいしつ》である。糸が届《とど》くギリギリの間合いで最大の威力を発揮《はっき》する武器なのだ。薙刀の戦闘法《せんとうほう》には反するが、こちらから間合いを詰《つ》めてやれば対応《たいおう》に困《こま》るはずだった。

涼子がヨーヨーを放つタイミングに合わせてあずみは大きく踏み込んだ。

しかし次の瞬間《しゅんかん》、涼子は身体《からだ》を沈《しず》めて、踏み出したあずみの足めがけてヨーヨーを投げた。手首のスナップを利《き》かせて投じられたヨーヨーは右足の脛《すね》を直撃し、あずみは思わずたたらを踏んだ。

涼子は手に戻ったヨーヨーを再び放つ。斜《なな》めに弧《こ》を描《えが》きながら顔に向かって飛んでくるヨーヨーを、あずみは身体をひねりながら避《よ》けつつ薙刀で防御《ぼうぎょ》した。ヨーヨーの糸が薙刀の柄《え》に絡《から》まり、鎖鎌《くさりがま》と闘った時と同じ状況《じょうきょう》になる。

あずみは糸を引かれるより先に前に出た。鎖鎌の時とは違って鎌はないのだ。

ドスッ！

あずみは肩《かた》の辺りを殴《なぐ》られたような衝撃《しょうげき》を受けた。見ると、二個目のヨーヨーが涼子の左手に戻るところだった。

『おおっと、ダブルだ〜ッ！　禁断《きんだん》のダブルヨーヨーが炸裂《さくれつ》〜ッ!!　サウスポーでも扱《あつか》えるとは驚《おどろ》きです！』

左手のヨーヨーが大きく回転しながらあずみの身体を打つ。右手のヨーヨーに薙刀を絡め取られているため満足に防御ができなかった。

『何ということでしょう！　薙刀使いがヨーヨー相手に苦戦しております！　よもやこんな光景が展開《てんかい》されようとは誰に予想できたでしょうか⁉』

『しかしヨーヨーでKOするのはかなりの手間に思えるが……』

霧林流復興《ふっこう》を目指す者がヨーヨーごときに後れを取るわけにはいかない。あずみは両手を柄の中ほどに移《うつ》し、薙刀をバトンのように回転させた。飛んできた左手のヨーヨーの糸が柄に絡まり、ダブルヨーヨー両方の糸が巻《ま》き取られる。

「——ちっ！」

ヨーヨーの糸は涼子の両手の中指に結ばれている。このままでは両手を封《ふう》じられると悟《さと》った涼子は糸を外し、あずみに背を向けた。

「また逃げるつもりですか！」

あずみが追いすがろうとすると、それを予期していた涼子は振り向いて何かを投げた。リングに結ばれた二本の太い糸の先端《せんたん》に硬質《こうしつ》プラスチックの球がつながった遊具——アメリカンクラッカーである。

アメリカンクラッカーは鎖分銅よろしくあずみの足首に巻き付き、バランスを崩《くず》して転《てん》倒《とう》させた。それを尻目《しりめ》に涼子はまんまと逃げおおせている。

『霧林、秘技《ひぎ》〈竜巻《たつまき》返し〉でダブルヨーヨーは破ったものの、アメリカンクラッカーによる時間稼《かせ》ぎで御剣を取り逃がしました！ ここでも決着はつかず、勝負は次のステージに持ち越《こ》しです!!』

『他人の技に勝手に名前を付けるのはどうかと思うぞ』

すでに要領《ようりょう》を心得たのか、観客は涼子を追って早くも移動《いどう》を始める。

身体《からだ》を起こしたあずみは、立ち上がろうとして眉《まゆ》をひそめた。アメリカンクラッカーを受けた右足首に痛《いた》みが走る。地面を踏み損ねた時に痛めたようだった。

「こんなところで……!!」

ヨーヨーとアメリカンクラッカーを投げ捨《す》てると、あずみは何事もなかったように早足で歩を進めた。

五

時計の針はすでに午後四時を回っていた。

対戦が始まって、すでに一時間以上が経過《けいか》している。

十二月ともなると日は短く、日没《にちぼつ》まであと三〇分足らずしかない。

地面に落ちたあずみの影《かげ》は長く伸《の》びている。

あずみは涼子を追いかけ回すのをやめていた。グラウンドの中央に立ち、涼子が現れるのをただ待っている。それを遠巻きに見守るのは大門高校のほぼ全校生徒である。

当初からKファイトの観戦を目的にしていたのはそのうちのおよそ半分だった。残る半分は途中《とちゆう》から観客に加わった生徒たちで、運動部のユニフォーム姿《すがた》の生徒も多く混《ま》じっている。大門高校の敷地《しきち》内を転々としたKファイトは、興味《きようみ》を持っていなかった生徒たちをも巻き込み、ここまで膨《ふく》れあがらせたのだ。

人垣《ひとがき》の一角が割《わ》れ、生徒たちの歓声《かんせい》と共に涼子が姿を現した。

顔を上げたあずみは目を瞠《みは》った。

涼子の衣装《いしよう》は着物だった。だが最初に着ていた浪人《ろうにん》風の薄汚《うすよご》れた黒い袴《はかま》姿ではない。艶《あで》やかな牡丹《ぼたん》模様《もよう》の小袖《こそで》と紫《むらさき》の袴姿――学園祭の演劇《えんげき》で涼子が演じた女剣客《けんきやく》ミカヅキが最後の決戦に臨《のぞ》んだ時に着ていた衣装である。

涼子が最後に選んだ武器は木刀だった。脇差《わきざ》しを模《も》した一本とともに二刀を腰《こし》に差している。

「ようやく……最後の決着をつけるつもりになったようですね」

「時間もないしね」

「では早々に」

あずみが薙刀《なぎなた》を脇に構えると、涼子は腰の木刀を抜いた。正眼《せいがん》の構えから剣を下ろし、切っ先がほとんど右の爪先《つまさき》にかかるほどの極端《きょくたん》な下段に構える。

「それが薙刀に対するあなたの解答《こたえ》ですか」

「………」

涼子は答えない。それが答えだった。

数秒のにらみ合いの後、涼子は無造作《むぞうさ》に薙刀の間合いに踏み込んだ。

あずみは上段から薙刀を打ち下ろすと見せかけ、瞬時《しゅんじ》に横薙ぎに変化した。

ガッッ！

涼子は木刀を肩に引きつけて受けると、薙刀の柄に刀を押しつけるようにして滑《すべ》らせながら飛び込んだ。

二つの影《かげ》が交差し、離《はな》れた。

振り向いた涼子は右手に脇差しを抜いていた。すれ違いざまに脇差しを抜刀し、抜き胴《どう》を放っている。しかしこれは薙刀の柄で防御《ぼうぎょ》されていた。

涼子は左手の木刀を下段に、右手の脇差しを正眼に構えた。二刀流である。

今度はあずみが先に仕掛けた。〈鴴《ちどり》の舞《まい》〉である。涼子は素早《すばや》く後退《こうたい》しながら二刀で薙刀の連続攻撃を受けた。最後の石突きによる突きを身をひねって躱《かわ》すと、二刀を交差させて薙刀を挟《はさ》み込《こ》む。

後退するあずみ。涼子は薙刀から二刀を離さず追従《ついじゅう》する。

あずみの足運びがもつれた。涼子はその機を逃《のが》さず、木刀を回転させて薙刀を強引《ごういん》に跳《は》ね上げ、わずかに生じた空隙《くうげき》に脇差しを突き入れた。

「くっ！」

肩を打たれたあずみは軽く吹《ふ》っ飛ばされたが、すぐに起きあがって薙刀を構え直した。

追撃できないと悟《さと》った涼子は再び二刀の構えに戻る。

にらみ合ったまま、数分が経過《けいか》した。

先刻《さっき》まで観客を支配《しはい》していた熱狂《ねっきょう》は、いまや張《は》り詰《つ》めた緊張《きんちょう》に取って代わられていた。

歓声も野次《やじ》も止《や》み、誰もが固唾《かたず》を呑《の》んで次の動きに注目している。実況の夏美も自然と小声になっていた。

『両者、にらみ合ったまま動きません……二刀流で〈衙の舞〉を防《ふせ》ぎきった御剣ですが、そこからの反撃では大きなダメージを与《あた》えられていません。霧林はさらなる必殺技を用意しているのか？　御剣はそれを受けられるのか――』

静まり返っているため、藤堂の『むう……』という唸《うな》り声さえ大きく響《ひび》いた。

『ここに至《いた》って言うのも何だが……これはいったい何の勝負なのだろうね？』

『ええっ、いまさら⁉』

『これは本来の意味での真剣《しんけん》勝負ではない。形こそかたや薙刀、かたや二刀流だが、本物の武器を想定した試合ではない――』

『つまり……どういうことです？』

『互《たが》いの武器が本物の刃物であればとうに決着はついている。そうでないが故《ゆえ》にここまでもつれ込んでいるのだ。ポイント制《せい》の得点システムも制限時間もなく、闘《たたか》う場所すら選ばない。あくまで相手を完全に叩《たた》き伏《ふ》せるまで終わらない勝負――しかもこれほどハイレベルな闘いを、私はこれまで見たことがない。事によると我々《われわれ》はと、と、とんでもない、い、い、ものを目撃《もくげき》しているのかもしれん……』

藤堂の言葉は観客の感じているものの核心《かくしん》を突いていた。

目の前で繰り広げられているのはただのケンカではない。自分たちは何かしら歴史的な事件《じけん》の目撃者となっているのではないか――誰もがそう感じ、瞬《まばた》きするのもためらった。

日没が近付き、急速に辺りを闇《やみ》が包み始める。

あずみは薙刀を水平に一振りし、脇に抱《かか》えた。

「御剣さん――あなたが何を考えてこのような勝負を望んだのか、私にもようやく呑《の》み込めてきました」

優《やさ》しげだが凛《りん》とした声が響く。

「ですが、そろそろ日没も近いことですし――次の一手でこの勝負、幕引《まくひ》きとさせていただきます」

「………承知《しょうち》」

涼子は短く答えると、二刀を持つ腕を左右に大きく広げた。

対するあずみは奇妙《きみょう》な構《かま》えを取った。薙刀を背後《はいご》に回し、涼子の目から隠《かく》したのだ。石突きがあずみの左肩から斜《なな》めに伸《の》びる形である。刀身の方は袴《はかま》の後ろに隠れている。左手は肩越《かたご》しに、右手は背中に回されている。薙刀は基本《きほん》的に両手で扱《あつか》う武器だが、この形では次の攻撃《こうげき》は片手《かたて》で行うことになるはずだった。しかもとっさに防御《ぼうぎょ》に移れない。どう考えても不利としか思えない構えである。

その構えの意味するところを涼子が推測《すいそく》する間も与《あた》えず、あずみはそのまま滑《すべ》るような足運びで前に出てきた。

涼子は動かず、相手が自分の間合いに入ってくるのを待った。

あずみの袴の陰《かげ》から、薙刀の切っ先が逆袈裟《ぎゃくげさ》に走った。片手の斬撃《ざんげき》だ。

涼子は後方に身を退《ひ》いてそれを躱す。続いて斬《き》り下ろされてくる一撃を、頭上で交差させた二刀で受けた。

勝負は次の一瞬だった。

涼子は木刀で薙刀を受けたまま踏み込み、肩を狙《ねら》って脇差しによる突きを放った。当たれば鎖骨《さこつ》を砕《くだ》くほどの一撃である。外れたとしても仕切り直せる——そのつもりだった。

ドスッ！

涼子の身体に重い衝撃《しょうげき》が走った。

みぞおちに、薙刀の石突きがめり込んでいた。

しかし薙刀の刀身の方は木刀で受けたままである。

あずみは柄の中央で接続《せつぞく》されていた薙刀を分割《ぶんかつ》し、刀身の付いた方を囮《おとり》に使ったのだ。

手の内を見抜かれれば後はない、涼子が脇差しを使う瞬間を狙った起死回生の一撃であった。

（奇策《きさく》には奇策か……ちぇっ、しょうがない——）

涼子の意識《いしき》は心地《ここち》よい暗闇に沈《しず》んでいった。

波濤《はとう》のような悲鳴と歓声が、夕闇迫《せま》るグラウンドに響き渡《わた》った。

☆

「だから言ったでしょ〜？　毒入りの吹《ふ》き矢か落とし穴《あな》を用意しとけばよかったのよ〜」

絆創膏《ばんそうこう》と湿布《しっぷ》だらけの姿になった涼子は、菱沼奈々子《ひしぬまななこ》の小言には耳を貸さず、保健室《ほけんしつ》のベッドにマグロのごとく横たわった。打撲《だぼく》による痛《いた》みはもとより、全身の筋肉《きんにく》という筋肉に乳酸《にゅうさん》が溜《た》まっているようで、掛《か》け布団《ぶとん》を手で引き寄せるのさえ難儀《なんぎ》した。

窓《まど》の外はすっかり夜になっている。霧林あずみも保健室で治療《ちりょう》を受けたようだが、涼子が目覚めた時にはすでに帰った後だった。

「あのお嬢様《じょうさま》も涼《すず》しい顔してたけど、脱《ぬ》がせてみたら青痣《あおあざ》だらけだったわよ〜。捻挫《ねんざ》もしてたから、あのクルクル回る必殺技《わざ》はもう出せなかったんでしょうね〜」

「…………」

三度目に繰《く》り出した〈鴴《ちどり》の舞《まい》〉を防《ふせ》ぎきれたのは、あるいはあずみの動きが鈍《にぶ》っていたからかもしれない——そんなことをぼんやり考えているうちに、ノックの音がした。

奈々子が応《こた》えると、ドアが開いて大作が顔を出す。

「お疲《つか》れ様でした。身体《からだ》の具合はどうですか?」

半ば枕《まくら》に顔を埋《うず》めた涼子は、目だけを動かしてジロリと大作をにらむ。すでに話す気力も残っていないと察した大作は、苦笑《くしょう》を浮《う》かべて言った。

「校長からの伝言ですけど『なかなか有意義《ゆういぎ》な対戦だった』とのことですよ。それと、来週の頭にでも正式発表できると思うんですが、Kファイトのルールが改正されるんです」

涼子は興味《きょうみ》を示《しめ》して顔を向けた。

「大きな変更点《へんこう》としては、部室の争奪戦《そうだつせん》には利用できなくなることと、対戦申し込みの際には挑戦《ちょうせん》を受けた側が競技を選べるようになることですね。他にも細かい部分でいろいろと調整しました。そうそう、用心棒《ようじんぼう》を含《ふく》む『助太刀屋《すけだちや》』の介入《かいにゅう》も今後全面的に禁止《きんし》になりますから——」

「用心棒の活躍《かつやく》が見られへんようになんのは残念やけどな」

その言葉は、開いたドアに寄《よ》りかかるようにして立っている静馬の口から出たものだった。腕組《うでぐ》みした静馬はやや不満そうに鼻を鳴らす。

「今回の勝負、まあようやった方やとは思うけどな……正直だらしないな。とくに三節棍《さんせつこん》の使い方がなってへん。ホンマやったらあそこで勝ててたはずや」

「練習不足なんですからしょうがないじゃないですか」

「それや！　何でワシに相談せえへん？　あんなもん、ヌンチャクに棒一本足した武器やろ？　ヌンチャクやったらこちとら一〇年も扱《あつか》っとるんや。ひとこと言うてくれたら手取り足取り……」

「静馬さんがヌンチャクの達人だなんて、僕でさえ今初めて知りましたよ」

「何年ブルース・リーのファンをやっとると思とんねん⁉　舐《な》めんなよ」

「いや、別に舐めてませんけど」

静馬が興奮気味なのは、涼子とあずみのKファイトを観戦して闘争《とうそう》本能を刺激《しげき》されたからだろう。静馬は声を荒《あら》らげてさらにまくし立てた。

「しか〜し！　それ以上に納得《なっとく》いかんのはあのクンフースーツや」

「何がいけないんです？　恰好《かっこう》良かったじゃないですか」

「アホ！　中国の武器《ぶき》使うんやったら、あそこはチャイナドレスやろが！　サービス精神《せいしん》が足らん‼」

「それはまあ……でもチャイナドレスは武術着《ぶじゅつぎ》じゃないと思うんですけどね」

「分からんやっちゃな。あえてそういう恰好で闘《たたか》うっちゅうギャップがええんやないか」

「なるほど、一理ありますね。何を隠《かく》そう僕もチャイナドレスは大好物ですし」

「そやろ⁉」

意見の一致《いっち》を見た二人は固い握手《あくしゅ》を交《か》わす。

何もかもが鬱陶《うっとう》しくなった涼子は、げんなりした顔を奈々子に向けて目で訴《うった》えた。

「というわけで、次の対戦ではチャイナドレスを着てもらうということに……」

「はいは〜い、分かったからバカたちはとっとと帰ってね〜」

奈々子は両手で静馬と大作の首根っこを掴《つか》んだ。激痛《げきつう》のツボを押《お》された二人は抵抗《ていこう》する間もなく廊下《ろうか》につまみ出される。

二人の抗議《こうぎ》には耳を貸さず、奈々子はドアを閉《し》めて鍵《かぎ》をかけた。

「それにしても今になってKファイトの改正とはね〜。ルールの不備《ふび》ぐらい、分かってたんなら最初から直しとけばいいのにね〜。でしょ〜、涼子ちゃん？」

奈々子はそう話を振ったが、返事はなかった。

涼子は静かに寝息《ねいき》をたてていた。

あずみとのKファイトにどんな意義があったのかは分からない。

それでも、もう用心棒はやらなくて済《す》む——その安心感で頬《ほお》が緩《ゆる》んでいた。

Kファイト!
ばれ 生物部
涼子様♡
YOKO
サッカー部一同より

あとがき

どうも、最近ゲーム熱が再燃《さいねん》しているロートルゲーマーの雑賀《さいが》です。

リアルバウトハイスクール〈アーリー・デイズ編〉お待たせの第二巻です。

本書《ほんしょ》はドラゴンマガジン本誌に特別編として掲載された一話とファンタジアバトルロイヤルに連載された五話を加筆修正《かひつしゅうせい》したものです。

初出一覧《しょしゅついちらん》を見てもらえば分かりますが「ミサティーと謎《なぞ》のピアニスト」を書いたのがすでに二年前（！）とかなり昔なので、自分としては珍《めずら》しく全体的に手直しをしています。

Kファイトの誕生《たんじょう》から涼子《りょうこ》VS静馬《しずま》戦《せん》に至《いた》るまでの顛末《てんまつ》を描くこの〈アーリー・デイズ編〉、『ナデシコガールの挑戦』の表題《ひょうだい》の通り今回のメインイベントは薙刀使《なぎなたつか》いのお嬢さま・霧林《きりばやし》あずみ嬢《じょう》との対決です。

すでにご存じの通り霧林あずみはED編とパラレルな関係にあるコミック版リアルバウトハイスクールに登場したオリジナルキャラクターで、いのうえ空氏の了承《りょうしょう》を得《え》て参戦してもらいました。

ただしED編にコンバートするにあたり、あずみの名前と薙刀使いという点以外のプロフィールはかなり変えてあります。コミック版では大門高校の三年生で涼子の直接《ちょくせつ》の先輩という立場ですが、ED版あずみはお嬢様学校の二年生という設定で、獅子倉達哉《ししくらたつや》との接点《せってん》はありません。

これらの変更は涼子に対する純然《じゅんぜん》たるライバルとして立たせるためです。当然「強敵」と書いて「とも」と読むタイプのアレです。男を巡《めぐ》って恋の鞘当《さやあ》てなんてフニャけた展開なんぞはご免被《こうむ》ります。

霧林流が武術としてはすでに廃《すた》れてしまった流派《りゅうは》であり、あずみがその復興《ふっこう》を志《こころざ》しているという設定も必然的なもの。我流《がりゅう》のケンカ殺法《さっぽう》ながら実戦経験豊富《じっせんけいけんほうふ》な涼子といいコントラストになっていると思うのですが、いかがでしょう？

今回の文庫化にあたって大幅《おおはば》に加筆したのが表題ともなっている第十二話ですが、連載時は四〇枚分しかなく（普段の連載は五〇枚）、肝心《かんじん》の涼子対あずみの対戦の中身をバッサリとカットしたいわばダイジェスト版になっていました。これはリアルバウト第十一巻の執筆《しっぴつ》がずれ込んでしまったためで、執筆期間がおよそ二日間（！）という危機的状況《ききてきじょうきょう》を奇跡《きせき》の新記録でどうにか書き上げたのでした。

対あずみ戦は『涼子が校内を逃げ回りながら闘《たたか》う』という当初のアイデアを膨《ふく》らませ、薙刀に対抗するため何種類もの武器を取《と》っ替《か》え引《ひ》っ替《か》えしつつ、さらに衣装《いしょう》も武器に合わせて着替えるというサービス満点の展開を思いついたものの、アイデアの詰《つ》めの段階でかなり悩《なや》むことになりました。

武器はやはり七種類くらいほしい。しかしどれを選ぶべきか？最初から決まっていたのはヨーヨーと木刀（後に二刀流に変更）のみ。サイやトンファーといった武器も候補に挙《あ》がったものの、リーチの問題で薙刀とは闘えないということで却下。殺陣《たて》のイメージがどうにも湧《わ》かずに困《こま》っていたところタイミング良く『少林寺三十六房』のＤＶＤソフトが発売され、劇中《げきちゅう》に登場した柳葉刀《りゅうようとう》と月牙《げつが》鏟《サン》、三節棍《さんせつこん》の三つを採用《さいよう》することにしました。リュー・チャーフィー最高！

薙刀に対抗できるリーチと面白味を考えて十字鎌槍《じゅうじかまやり》と鎖鎌《くさりがま》を加え、これでめでたく七種の武器が揃《そろ》いました。

やれやれ、これでどうにかなりそうだ……とひと安心したのも束《つか》の間《ま》でした。

武器が七種類あるということは、それに合わせて七種類の殺陣を考えねばならないという単純な事実を失念《しつねん》していたのです。

それぞれの武器の特性を理解したうえで、薙刀と対決した時に起こりうる状況を脳内でシミュレートし、それを数珠繋《じゅずつな》ぎにして面白く展開させる――闘っているのは二人なのに七戦分の殺陣を考えるという、まことに面倒くさい事態に陥《おちい》ったのでした。その途中であずみの必殺技も急遽《きゅうきょ》用意し、さらにそれを破《やぶ》る策も考え――

「誰《だれ》だ⁉　こんな厄介《やっかい》なネタを思いついたのは？……って俺《おれ》か！」

などと愚痴《ぐち》をこぼしつつ、次から次へと出てくる課題をドロナワ式に処理しつつ書き上げました。


――剣道と薙刀道が闘えばどちかが勝つのか？

素朴《そぼく》な疑問《ぎもん》ですが、調べてみたところリーチの差で薙刀の有利《ゆうり》は動かないにせよ、いざ試合となれば『ルールを決定する段階でどちらが勝つかおおよそ決まってしまう』というのが実際のようです。

これは剣道と薙刀道では『一本』の判定基準《はんていきじゅん》が微妙《びみょう》に異《こと》なるためで、例えば後方《こうほう》に下がりながらの打撃は薙刀道の基準では有効でも、剣道では不十分と見なされ一本として認められないことが多い。判定基準を剣道に合わせると薙刀による打撃の多くが無効《むこう》となってしまい不利《ふり》に、薙刀道に合わせると判定が剣道側に不利になる、という具合です。

真剣を想定《そうてい》した模擬戦《もぎせん》であれば当たりが浅くても有効な斬撃《ざんげき》になりそうですが、竹刀《しない》で打ち合うスポーツと考えれば強く打たないと有効打にならないというのは納得できます。しかし剣道の戦法は互いに防具を着けて視界が狭《せば》まった状態で有効なもので、やはりKファイトの参考にはなりません。

結局は毎度のごとく想像力で補《おぎな》ったわけですが「剣豪小説《けんごうしょうせつ》でもないのにここまで真面目に薙刀について考えた小説は他にあるまい！」と書きながら思った次第《しだい》です。薙刀対ヨーヨーなんて誰も書かないであろうレアな組み合わせですが（笑）。

☆

アーリー・デイズ編はファンタジアバトルロイヤル誌上での連載を終了し、今後は文庫の書き下ろしに移行します。

次巻からは第二のライバル登場の予定です。また、あずみ同様にコミック版からのゲストを出すかどうかはまだ検討中です。〈新撰組〉の登場もあるかも……？

本編同様盛り上げていく予定ですのでお楽しみに。

それでは、また。

平成十七年三月七日　　雑賀礼史

初出

ミサティーと謎のピアニスト　月刊ドラゴンマガジン二〇〇三年四月号
Kの洗礼　月刊ドラゴンマガジン二〇〇三年五月号増刊
仁義なき学園　月刊ドラゴンマガジン二〇〇三年八月号増刊
放課後の用心棒　月刊ドラゴンマガジン二〇〇四年二月号増刊
ミサティーと野人同好会　月刊ドラゴンマガジン二〇〇四年五月号増刊
ナデシコガールの挑戦　月刊ドラゴンマガジン二〇〇四年八月号増刊

※本書は初出を全面的に修正・加筆したものです

富士見ファンタジア文庫

リアルバウトハイスクール〈アーリー・デイズ〉2
ナデシコガールの挑戦《ちょうせん》
平成17年4月25日　初版発行

著者——雑賀礼史《さいがれいじ》

発行者——小川　洋
発行所——富士見書房
〒102-8144
東京都千代田区富士見1-12-14
電話　営業部　03(3238)8531
　　　編集部　03(3238)8585
振替　00170-5-86044

印刷所——暁印刷
製本所——コオトブックライン

落丁乱丁本はおとりかえいたします
定価はカバーに明記してあります
2005 Fujimishobo, Printed in Japan
ISBN4-8291-1701-X C0193

召喚教師リアルバウトハイスクールEX-2

バカが忍者《シノビ》でやってくる!

雑賀礼史

大門高校2年B組に、関西から転校生がやって来た。彼女の名前は花京院綾音《かきょういんあやね》。

しかし生徒たちは戸惑った表情で互いに顔を見合わせるばかり。それもそのはず、彼女を連れてきたのは、南雲慶一郎が苦手とするペテン師忍者ケインだったからだ。

ことの成り行きから、慶一郎は綾音のボディガードを引き受けることに。しかし、その日から悪夢は始まっていたのだった!!